DRAGON HEAD

37. KAPITEL:	STROM AUS SCHLAMM	6
38. KAPITEL:	GEISTERSTADT	26
39. KAPITEL:	BESATZUNG	39
40. KAPITEL:	RETTUNGSTRUPP	51
41. KAPITEL:	DIE DUNKLE SEITE	72
42. KAPITEL:	PISTOLEN	97
43. KAPITEL:	FLAMMENMEER	121
44. KAPITEL:	FLÜCHTLINGSLAGER	135
45. KAPITEL:	WIRBELWIND AUS FEUER	163
46. KAPITEL:	KREMATORIUM	189
47. KAPITEL:	TAKE OFF	204

EINLEITUNG

Teru, **Nobuo** und **Ako**, die auf einem Schulausflug sind, werden zu den einzigen Überlebenden eines grauenhaften Unfalls mit dem Shinkansen in einem Tunnel. Dort lebendig begraben entsteht ein Konflikt zwischen Teru und Nobuo, der in einem Kampf auf Leben und Tod endet. Als im Tunnel ein Feuer ausbricht, können sich Teru und Ako gerade noch durch Abwasserkanäle ins Freie retten. Aber alles was sie dort finden, sind nur noch leere Ruinen und ewige Nacht. Irgendetwas Grauenhaftes ist passiert. Von vier anderen Jugendlichen und durch eine Fernsehübretragung, erfahren sie Seltsames über die Zustände in Tokio. Die vier sind auf dem Weg dorthin. Teru und Ako folgen ihrem Beispiel. Mit Mühe entkommen sie auf dem Weg einer Schlammflut. Als sie einige Militärhubschrauber am Himmel entdecken, folgen sie ihnen in der Hoffnung auf Rettung. Ihr Weg führt sie in eine Stadt, in der sie auf ein paar desertierte Soldaten mit ihrem Helikopter treffen. Teru, dem Hilfe von den Männern verweigert wird, dreht durch. Während ein Unwetter heraufzieht und der Himmel von Blitzen und Donnern erfüllt ist, läuft er mit Brandsätzen durch die Straßen und tötet einen der Soldaten.
Ako, die beinahe Opfer einer Vergewaltigung wird, kann ihren Angreifer verletzen und fliehen. Eine Jagd nach dem Mädchen beginnt. Beinahe zu spät entdecken alle das Feuer, das in der Stadt ausgebrochen ist und zu einer tödlichen Falle zu werden droht. Nur Ako und ein von ihr in Schach gehaltener Soldat schaffen es bis zum Hubschrauber. Aber sie wollen nicht abfliegen, ohne die anderen gefunden zu haben. Und so fliegen sie zurück in die Flammenhölle, um Teru zu retten.

DRAGON HEAD

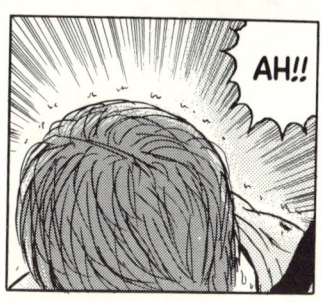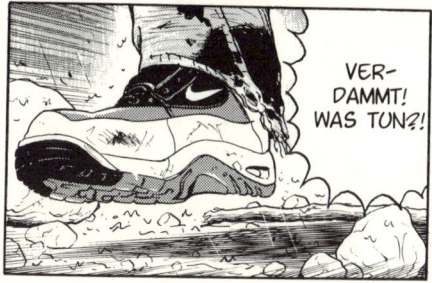

OH GOTT!

HAH HAH...

SO EIN TOD!!

SO ZU STERBEN!

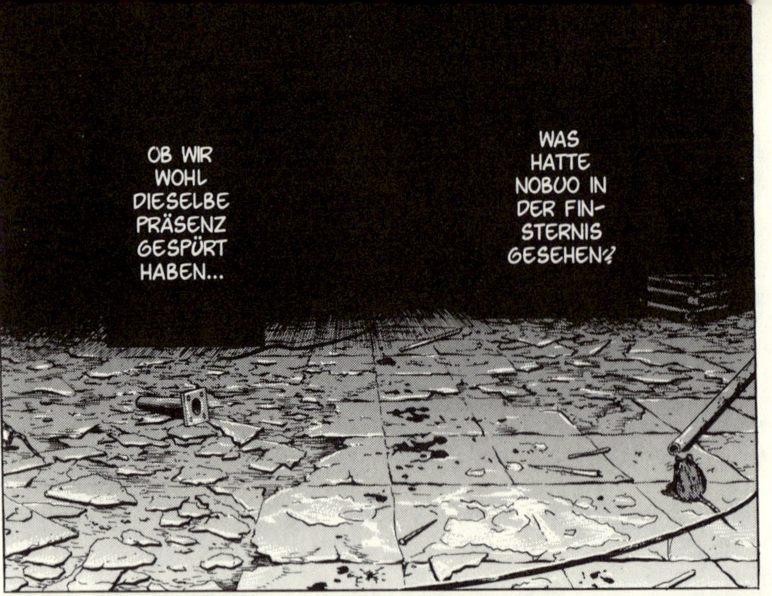

OB WIR WOHL DIESELBE PRÄSENZ GESPÜRT HABEN...

WAS HATTE NOBUO IN DER FINSTERNIS GESEHEN?

WARTEST DU DORT AUF UNS?

... NOBUO, BIST DU DORT?

NOBUO
...

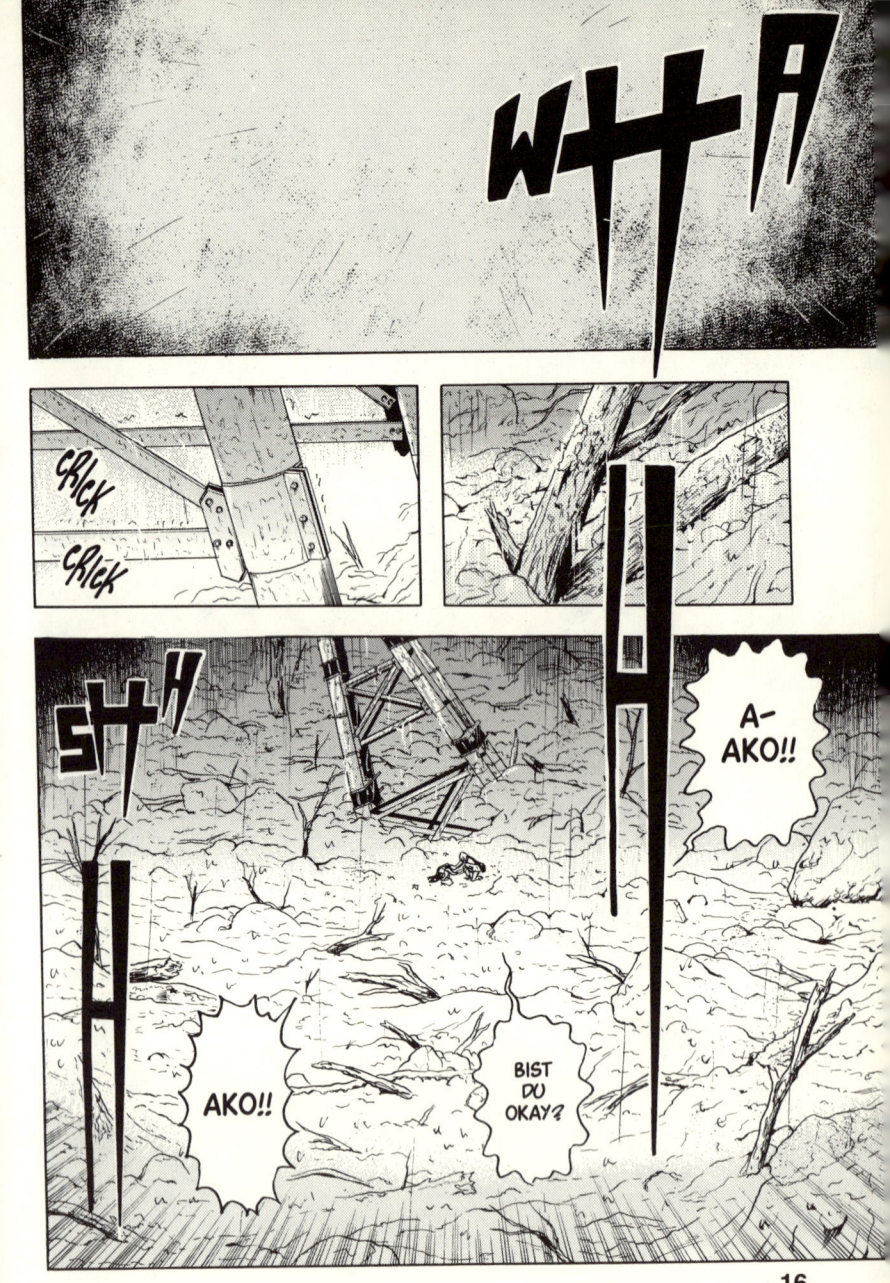

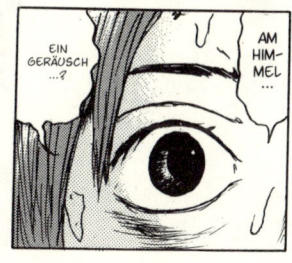

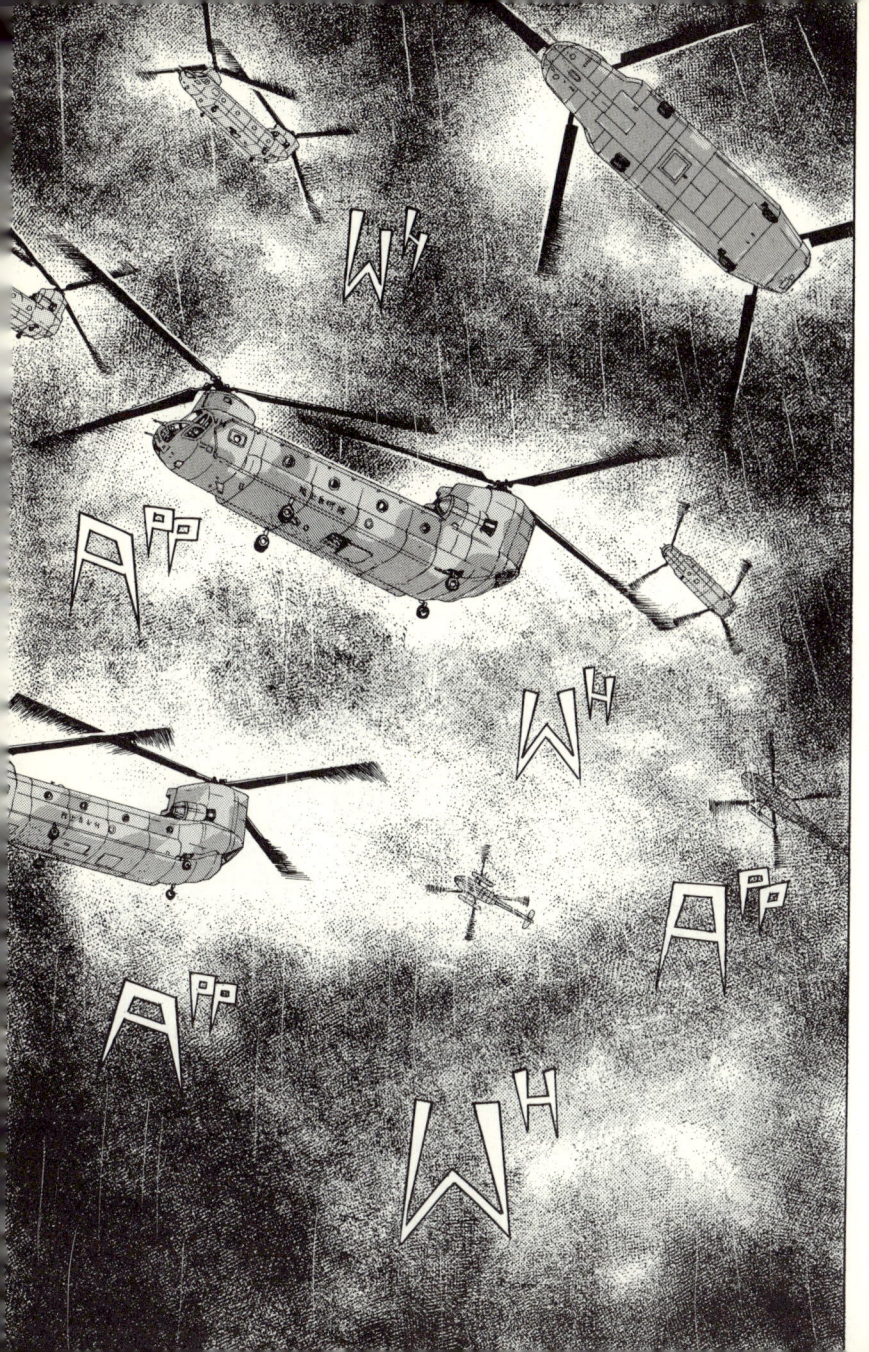

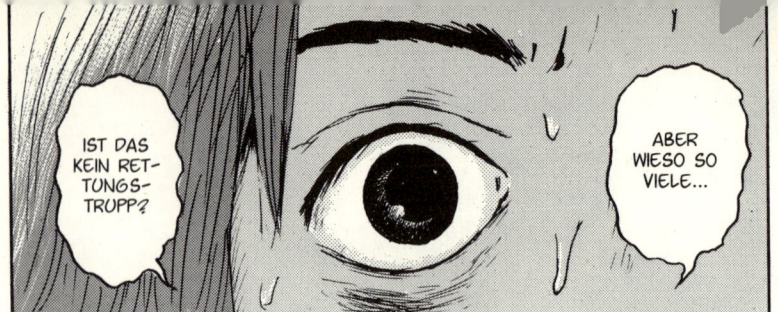

IST DAS KEIN RETTUNGSTRUPP?

ABER WIESO SO VIELE...

... DER REGEN HATTE IRGENDWANN AUFGEHÖRT...

... NACH EINER WEILE FLOGEN SIE ÜBER UNSERE KÖPFE HINWEG FORT...

OB SIE UNS NICHT BEMERKT HABEN ODER NICHT BEMERKEN WOLLTEN...

38. KAPITEL
"GEISTERSTADT"

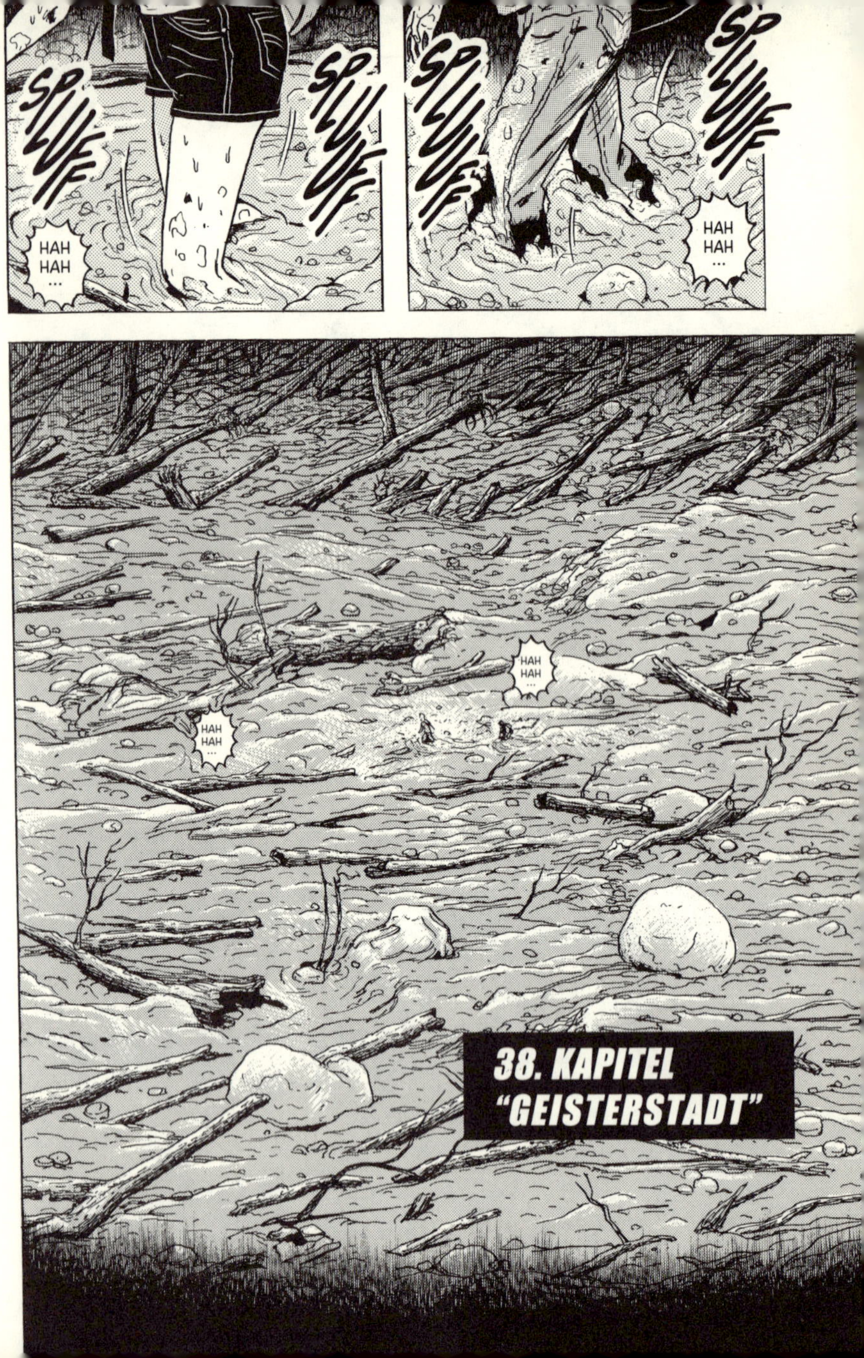

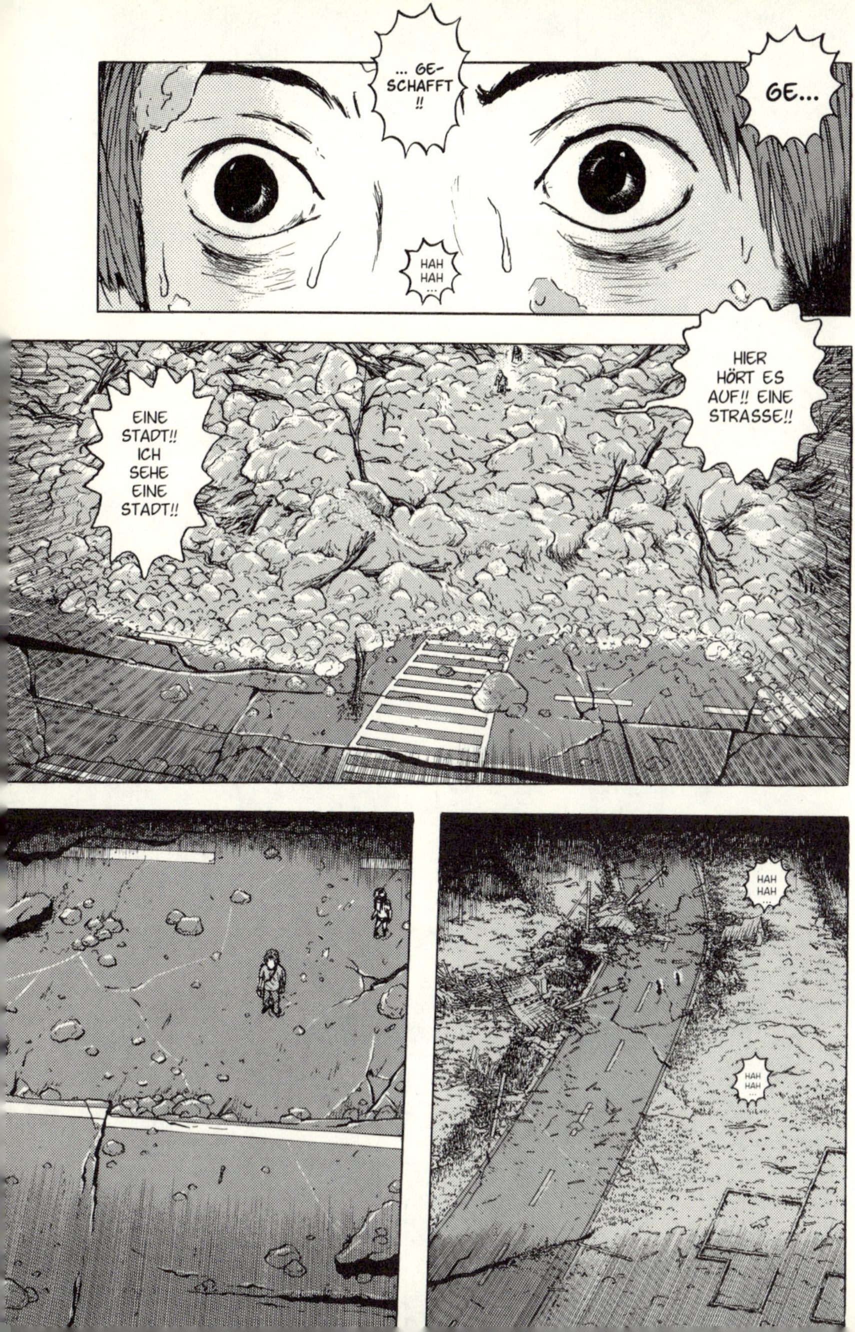

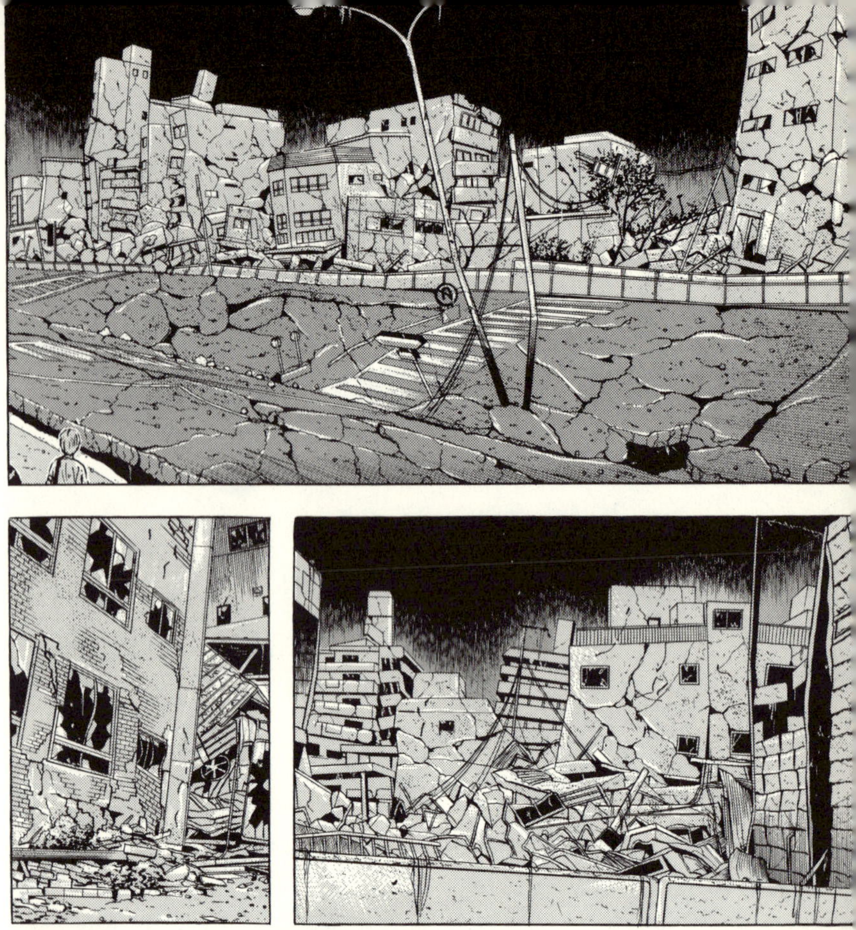

* BITTE MIT MÜNZEN, KEINE TELEFONKARTEN. ** KEIN TRINKWASSER TOILETTE UND WÄSCHE.

* WIR SIND GEFLOHEN, HIER IST KEINER MEHR. KOYAMA.

VE-VER-LASSEN...

EINE STADT DER STILLE, EINE GEISTERSTADT ...

... MÜDE ...

HAH HAH ...

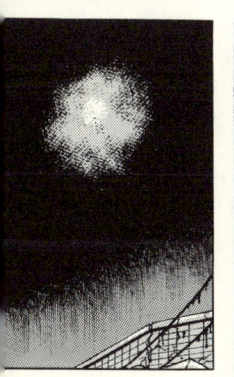

WO SIND DIESE HELIKOPTER NUR HIN...

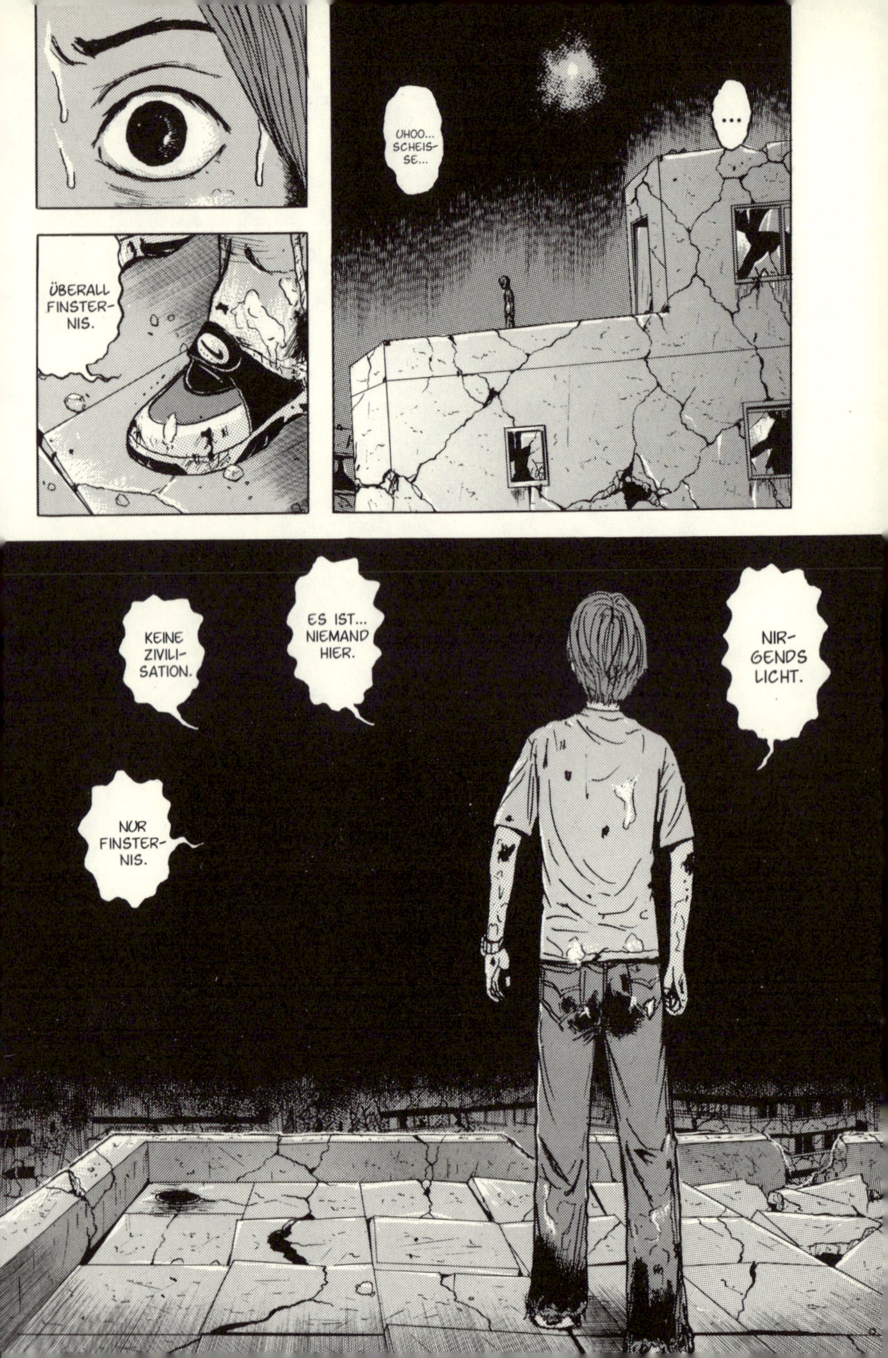

HEEEY!! IST JEMAND DA? YUUUCH!!

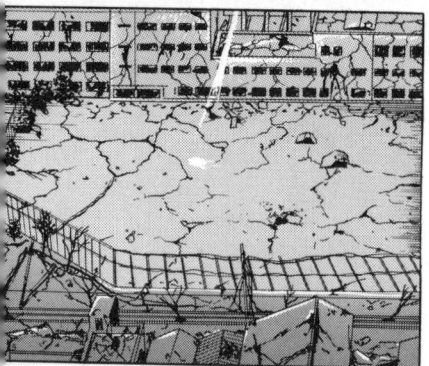

WHAP WHAP WHAP

39. KAPITEL
"BESATZUNG"

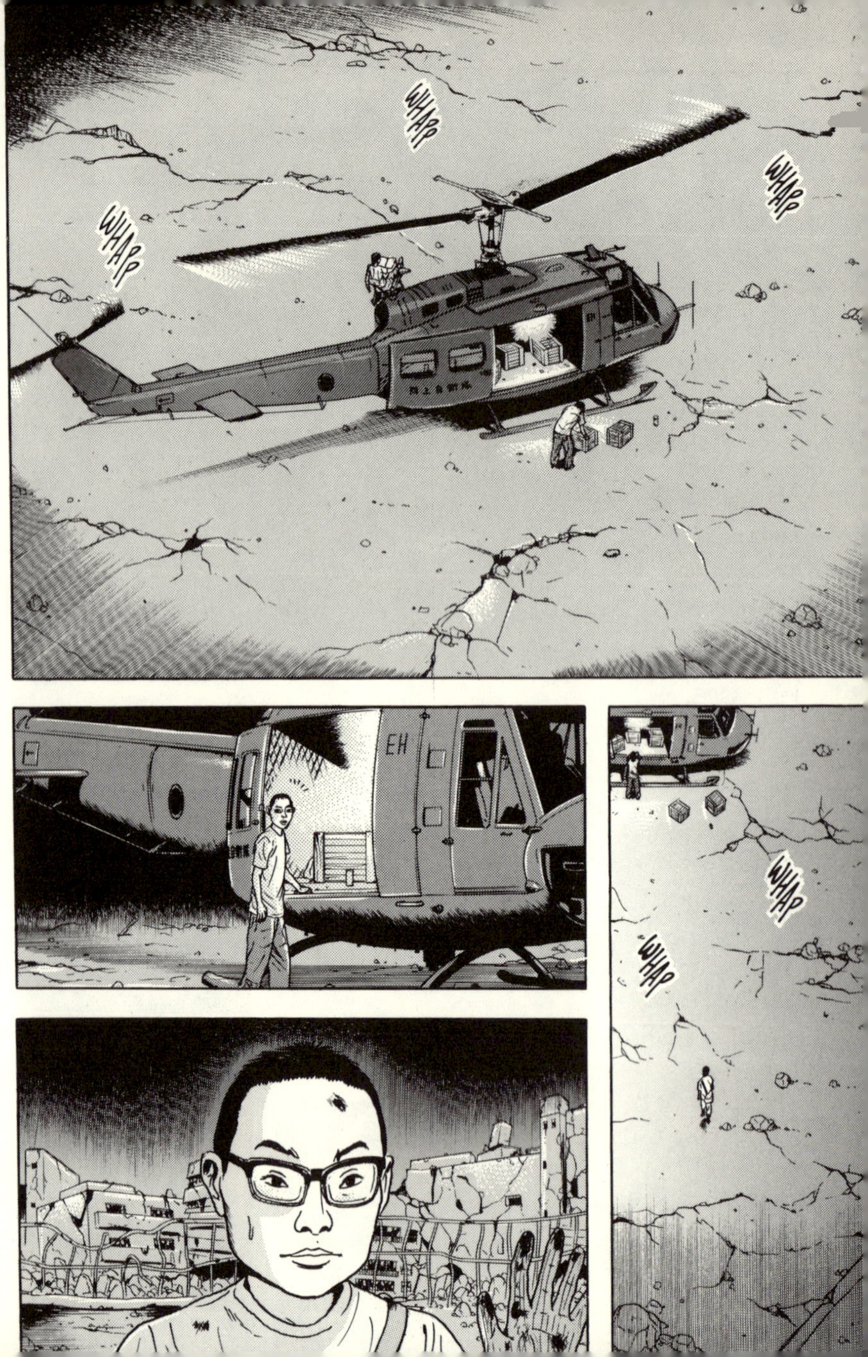

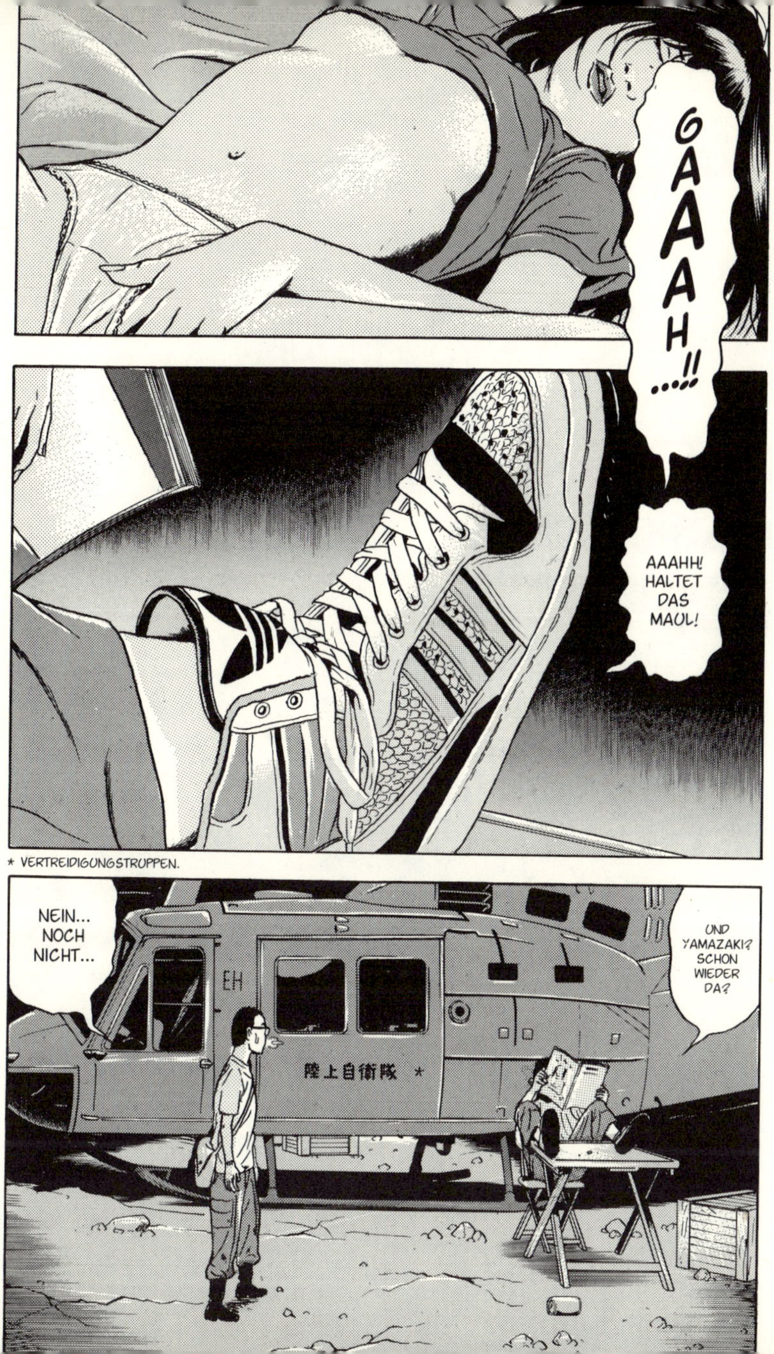

* VERTREIDIGUNGSTRUPPEN.

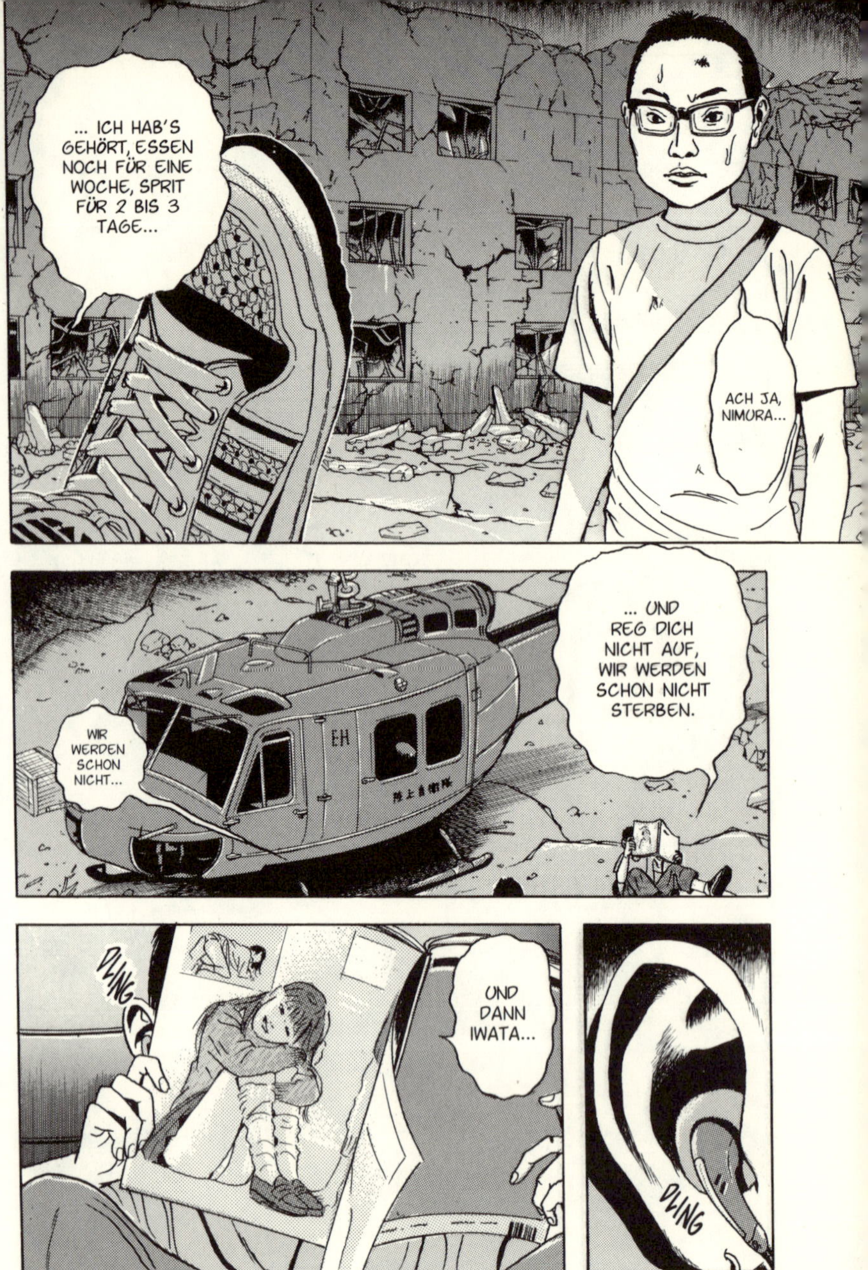

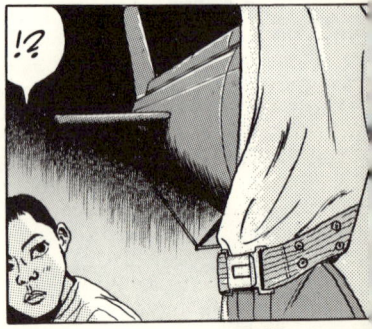

OKAY, WIR HABEN NOCH ZU ESSEN UND WIR HABEN DEN HELI...

AAH, EINE TOTENSTADT, KEINE AUSSICHT AUF SPASS.

WIR HABEN MITTEL, UNS ZU VERTEIDIGEN ABER WIR MÜSSEN ZU DEN VERTEIDIGUNGSKRÄFTEN, SONST SCHAFFEN WIR ES NICHT!

* YAMAZAKI.

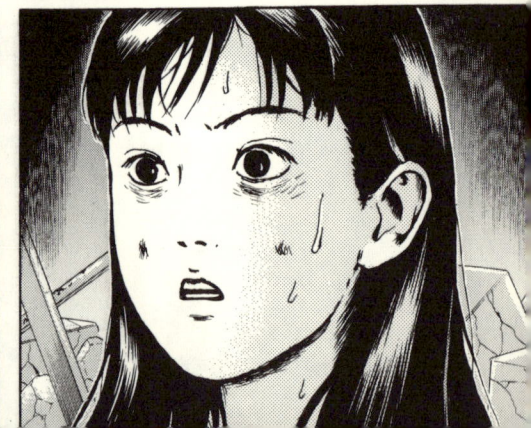

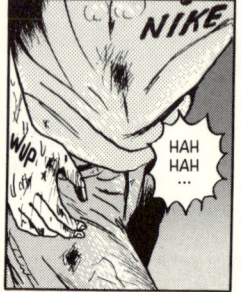

KEIN SCHERZ...

... HEY HEY!

... WAS?

VERTREIBT DEN KERL...

HEY!

WA...

!?

WARUM...

WA...

...!?

SEID IHR NICHT GEKOMMEN UM UNS ZU HELFEN?!

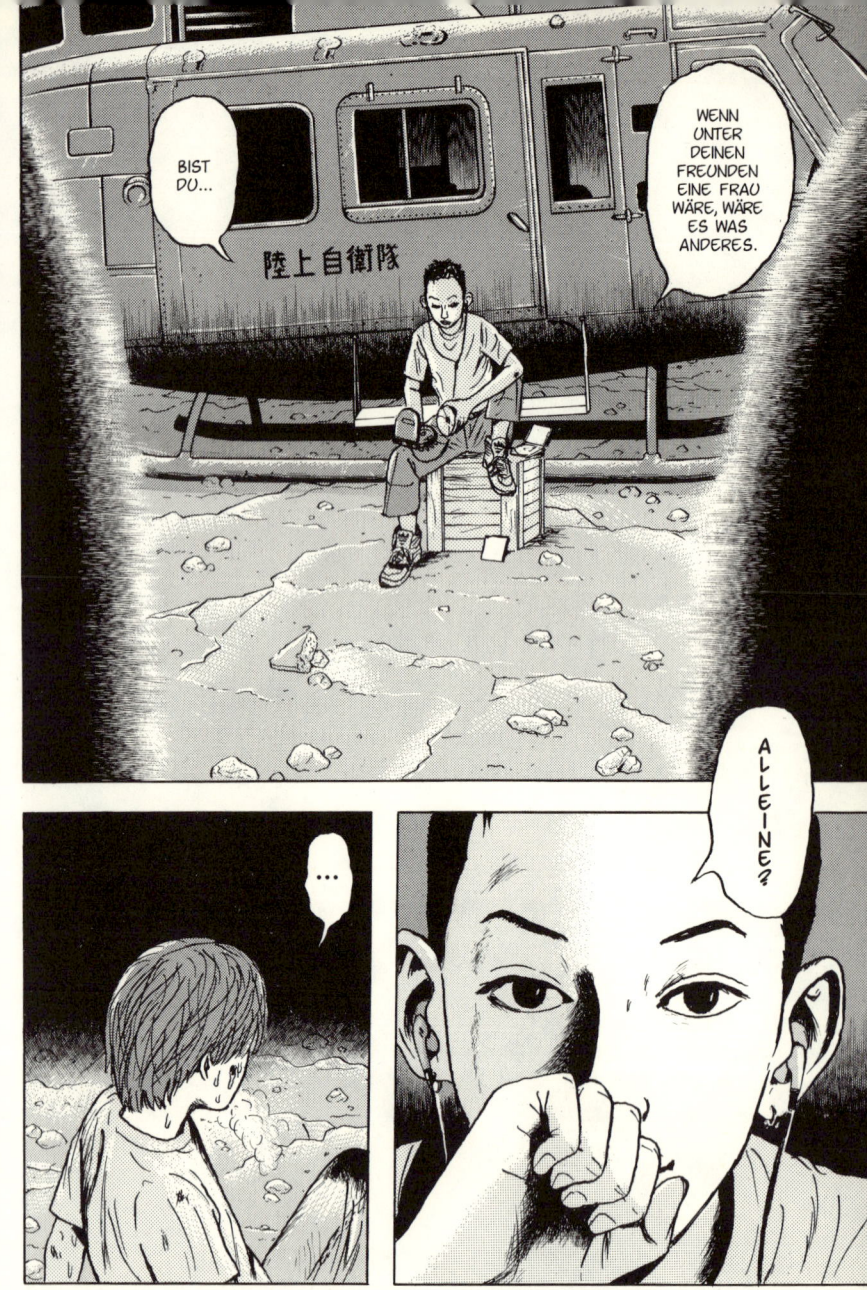

WAS IST DAS FÜR EIN GERÄUSCH? NOCH SO EIN SCHWARZER REGEN? FURCHTBARES WETTER...

* SUPERMENSCHEN ** INTERNATIONALER PREIS FÜR FANTASTISCHE LITERATUR, SUPERMENSCHEN, THEODORE STURGEON.

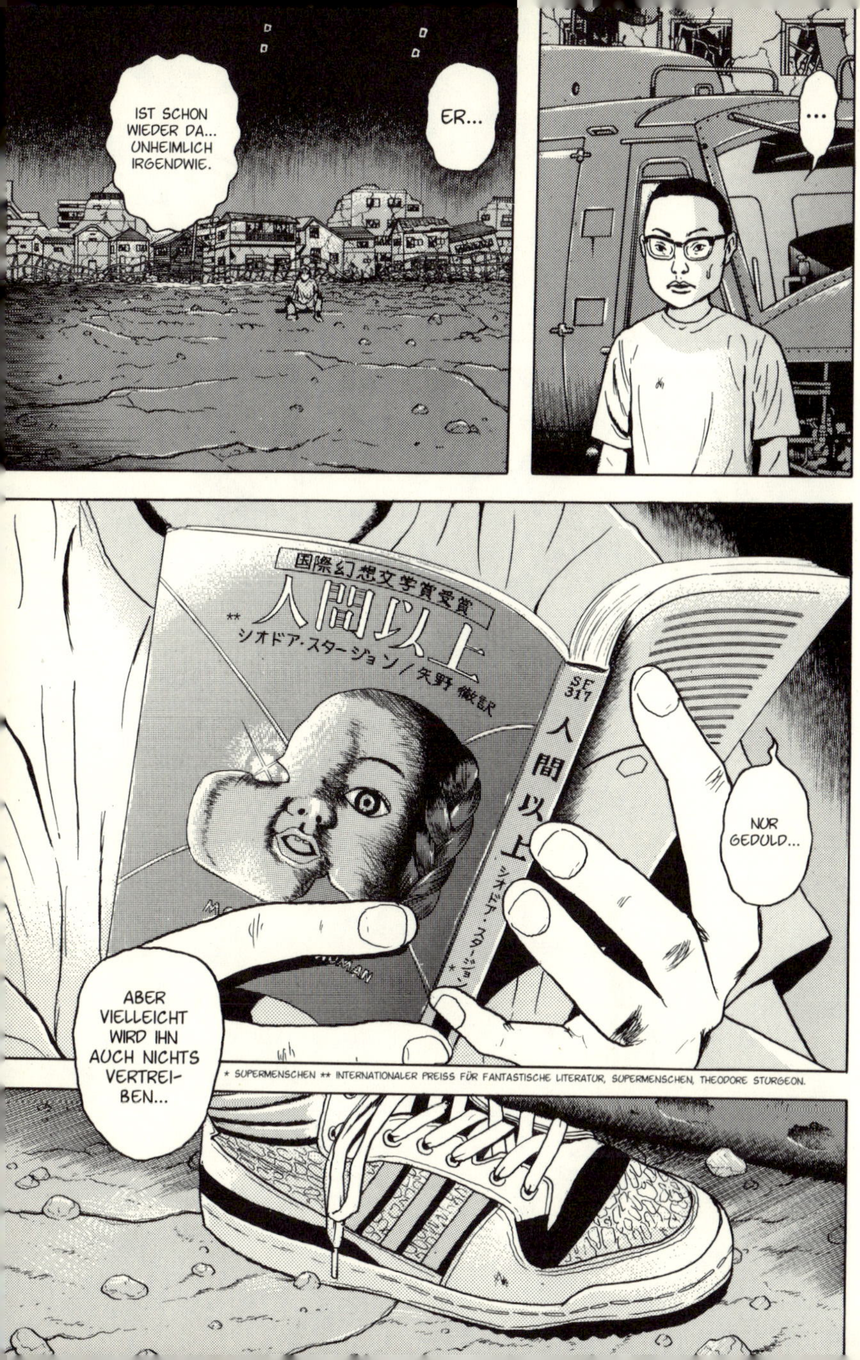

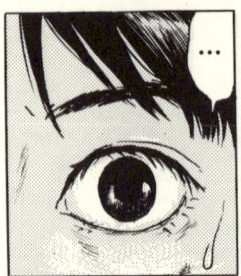

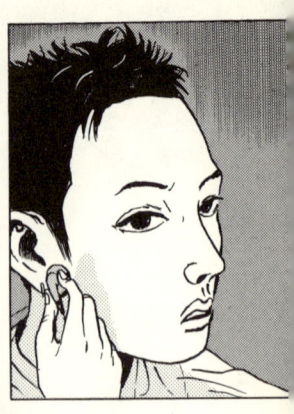

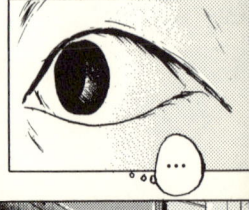

KEIN ZWEIFEL! EINE FRAUENSTIMME!!

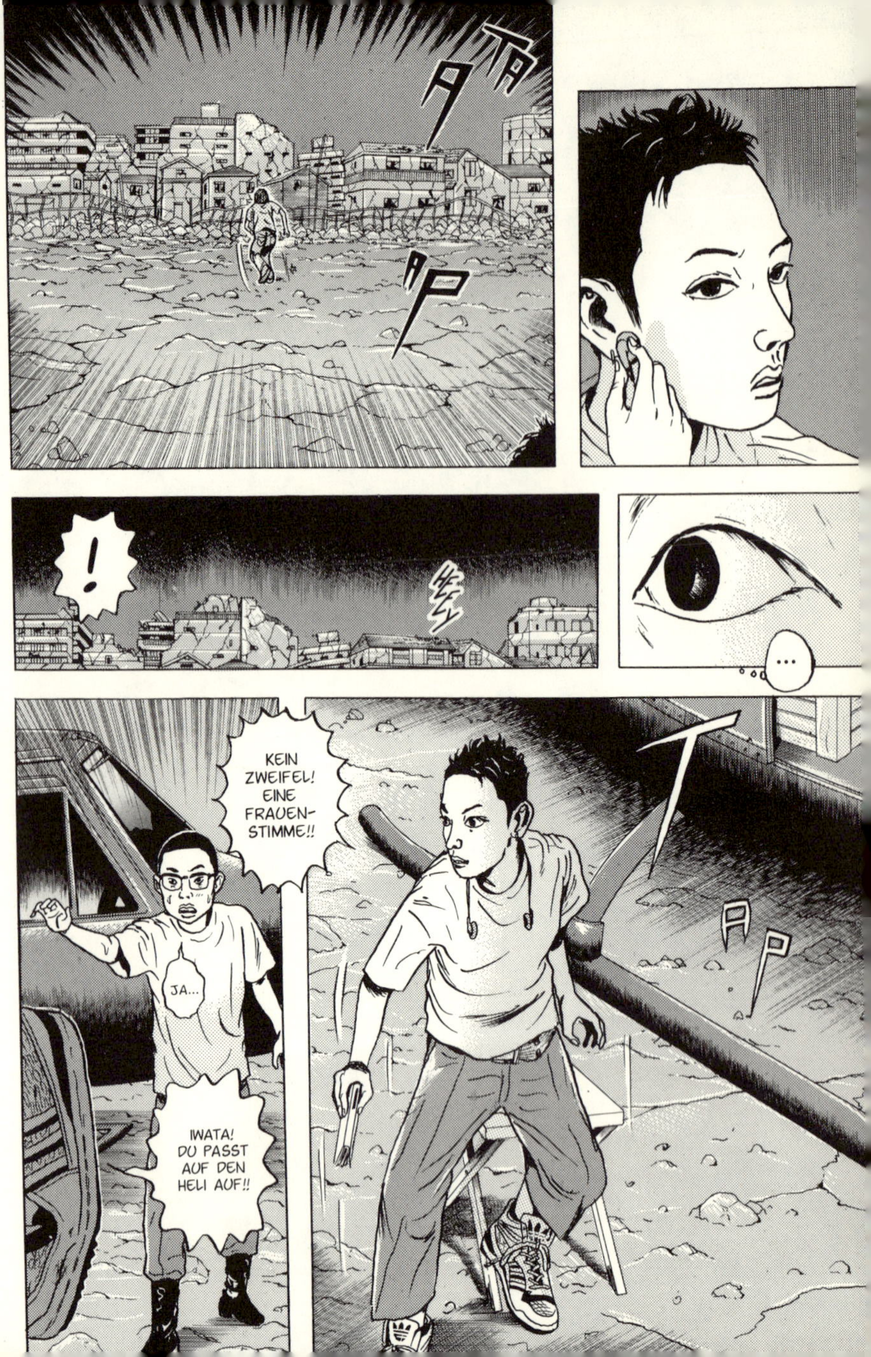

JA...

IWATA! DU PASST AUF DEN HELI AUF!!

41. KAPITEL — *"DIE DUNKLE SEITE"*

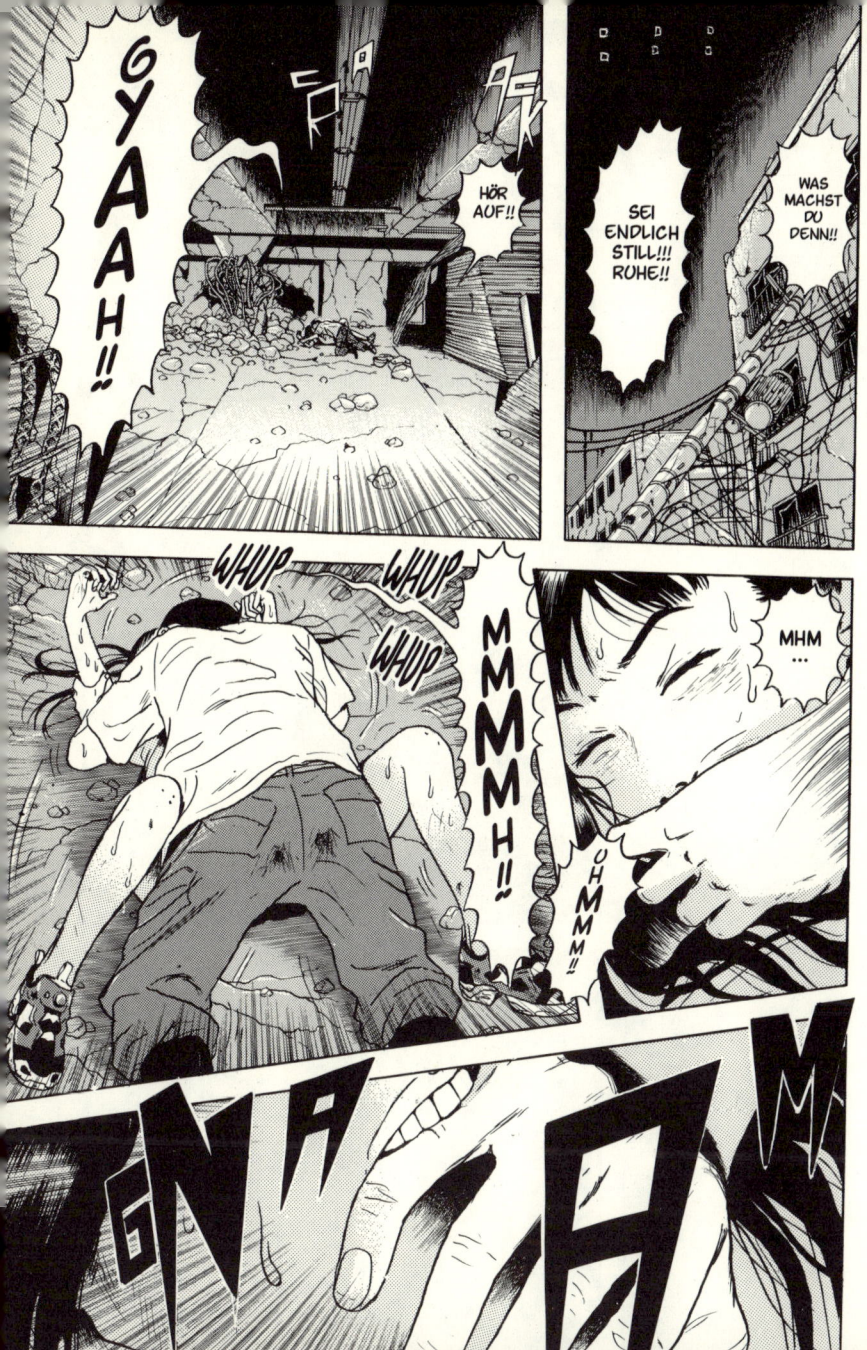

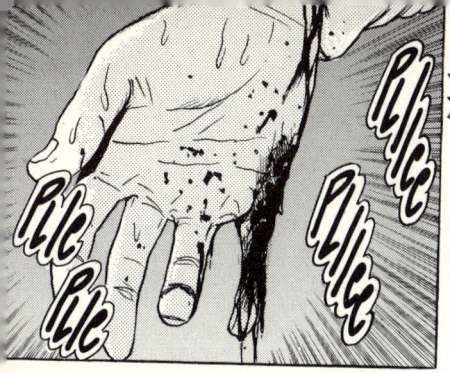

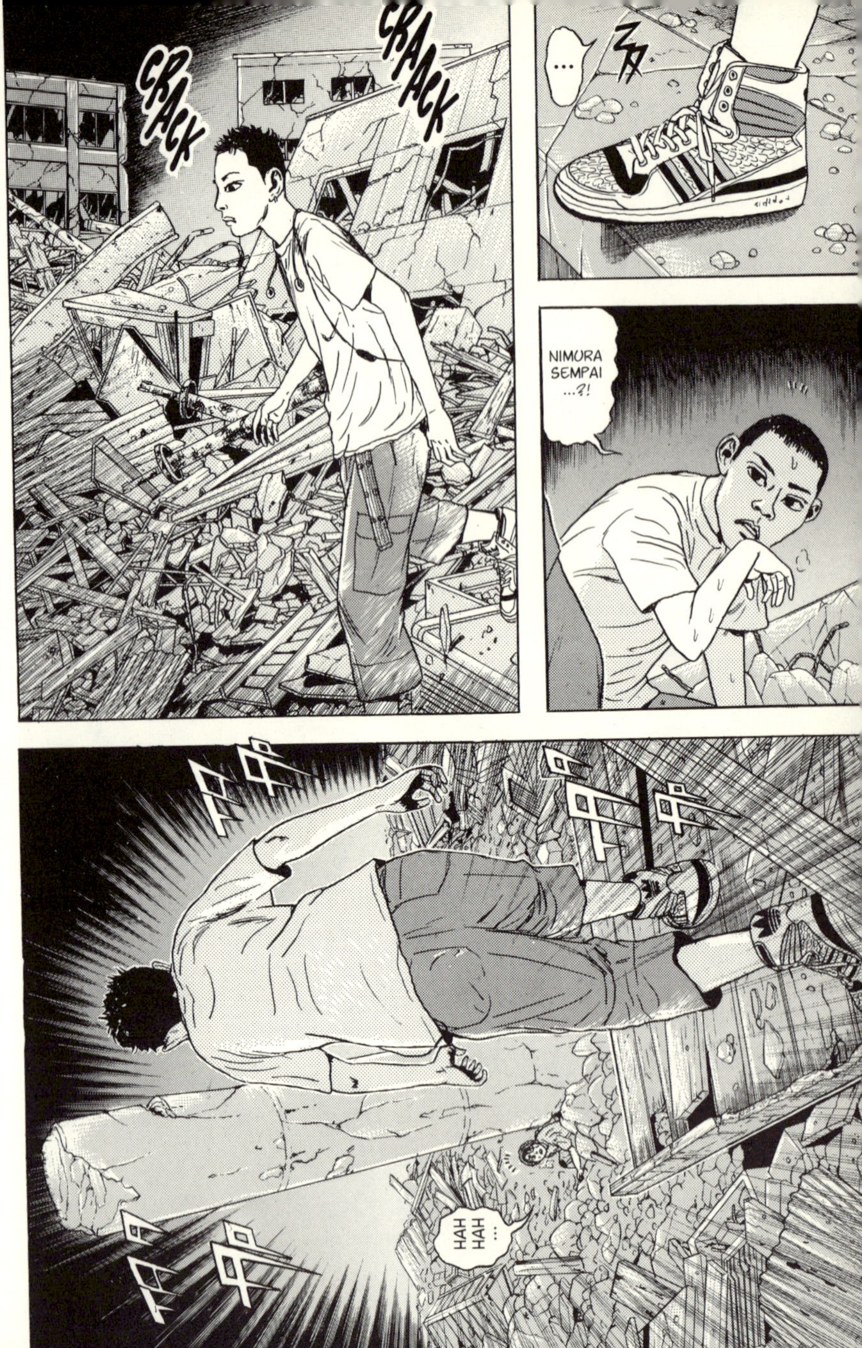

CRACK
CRAACK

NIMURA SEMPAI ...?!

HAH HAH ...

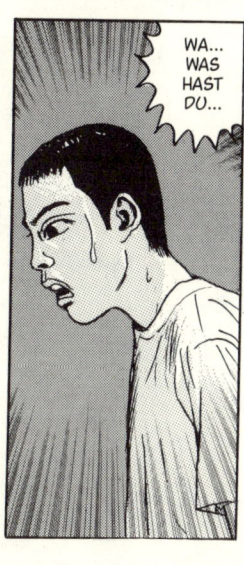

WA...
WAS
HAST
DU...

DER IST TOT ODER?

DIE SÄULE IST LANGSAM GEKIPPT...

... HAT IHN AM KOPF GETROFFEN, ABER NUR LEICHT. DAS GENICK IST WOHL IN ORDNUNG.

AH! ICH HAB MICH SCHMUTZIG GEMACHT!!

TAPP TAPP

SCHEISSE! GEHEN WIR!!

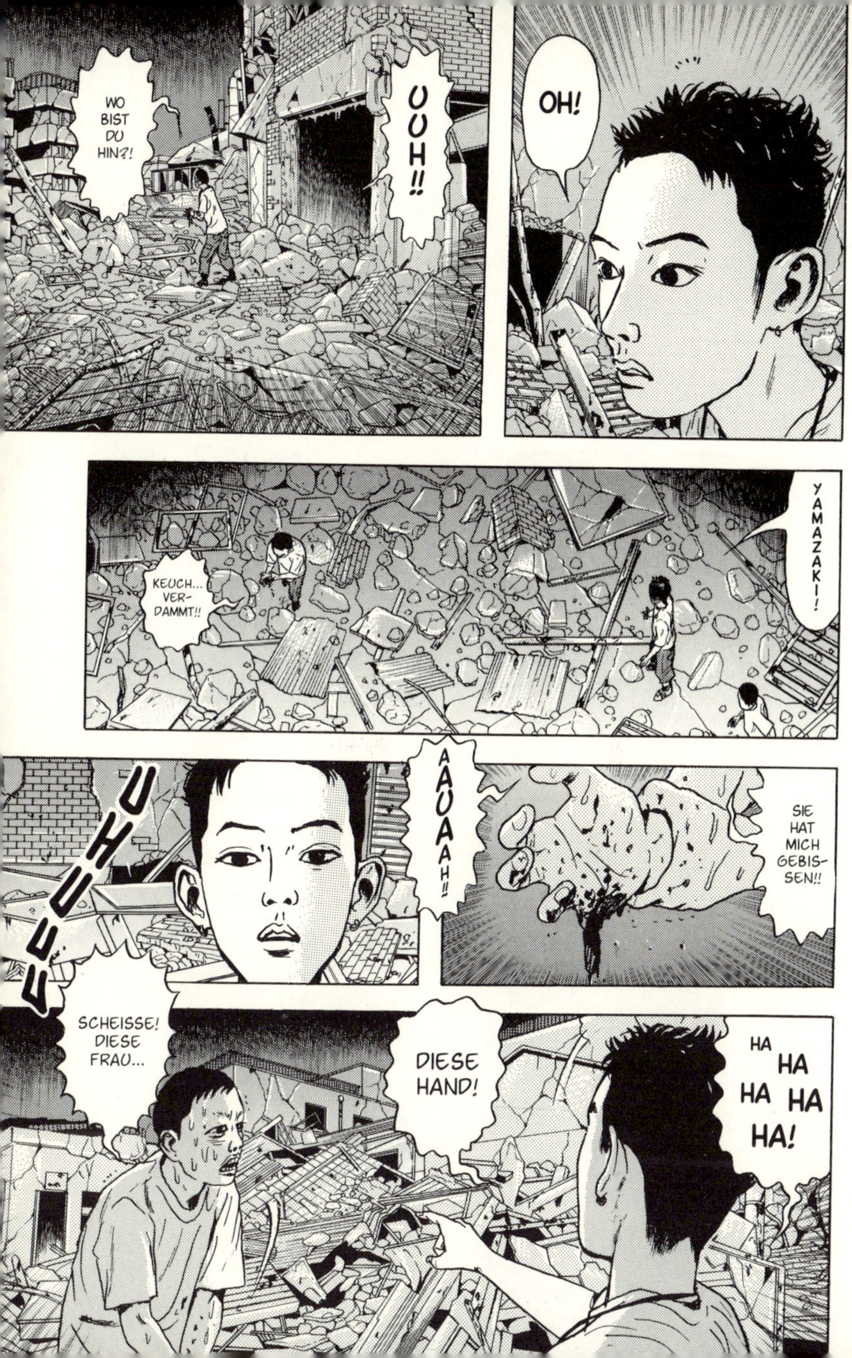

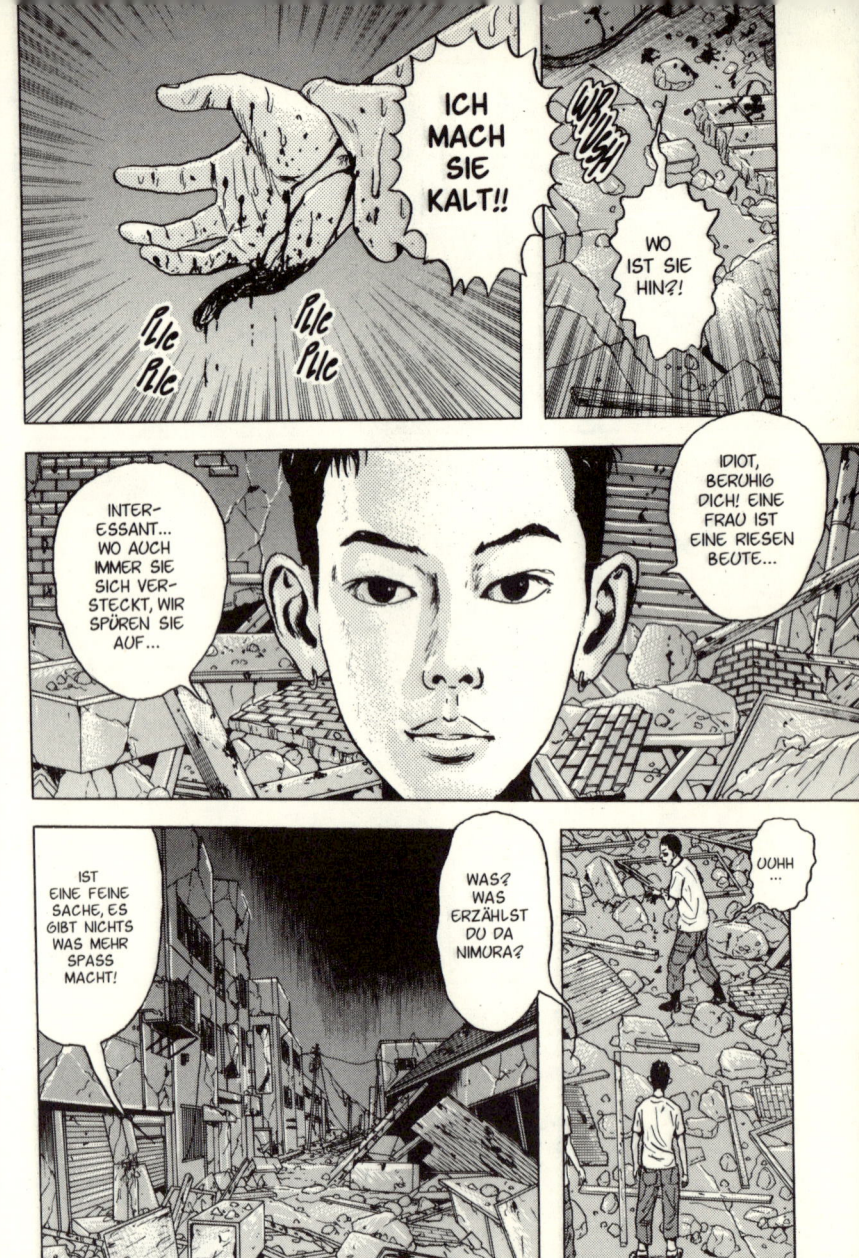

DIESE TYPEN HABEN MICH ÜBEL ZUGERICHTET.

OOOHH... ICH HABE MIR DEN KOPF VERLETZT... AUA...

... ICH KANN MICH NICHT BEWEGEN.

... OHH, VERDAMMT...

ICH BIN EIN IDIOT, ES IST UNGERECHT...

... VERZEIH MIR... AKO

...SINNLOS... ICH VERLIERE DAS BEWUSSTSEIN...

ICH VERLIERE VIEL BLUT... ICH DARF NICHT STERBEN...

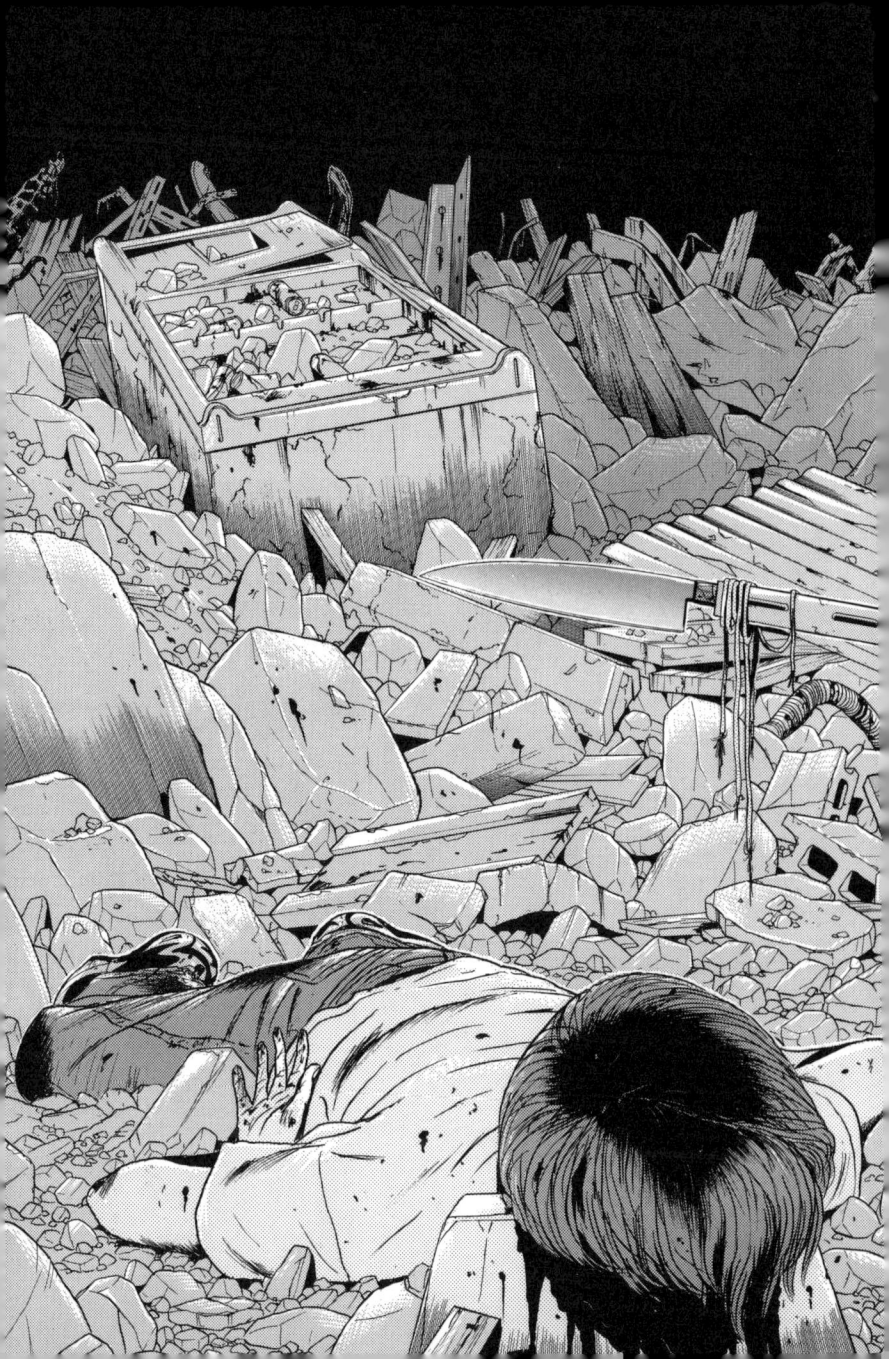

BIN ICH WIEDER IN DIESEM FINSTEREN TUNNEL?

WO BIN ICH HIER?

ODER BIN ICH TOT...?

EIN TRAUM...?

NO... BUO?

ES... IST SO DUNKEL.

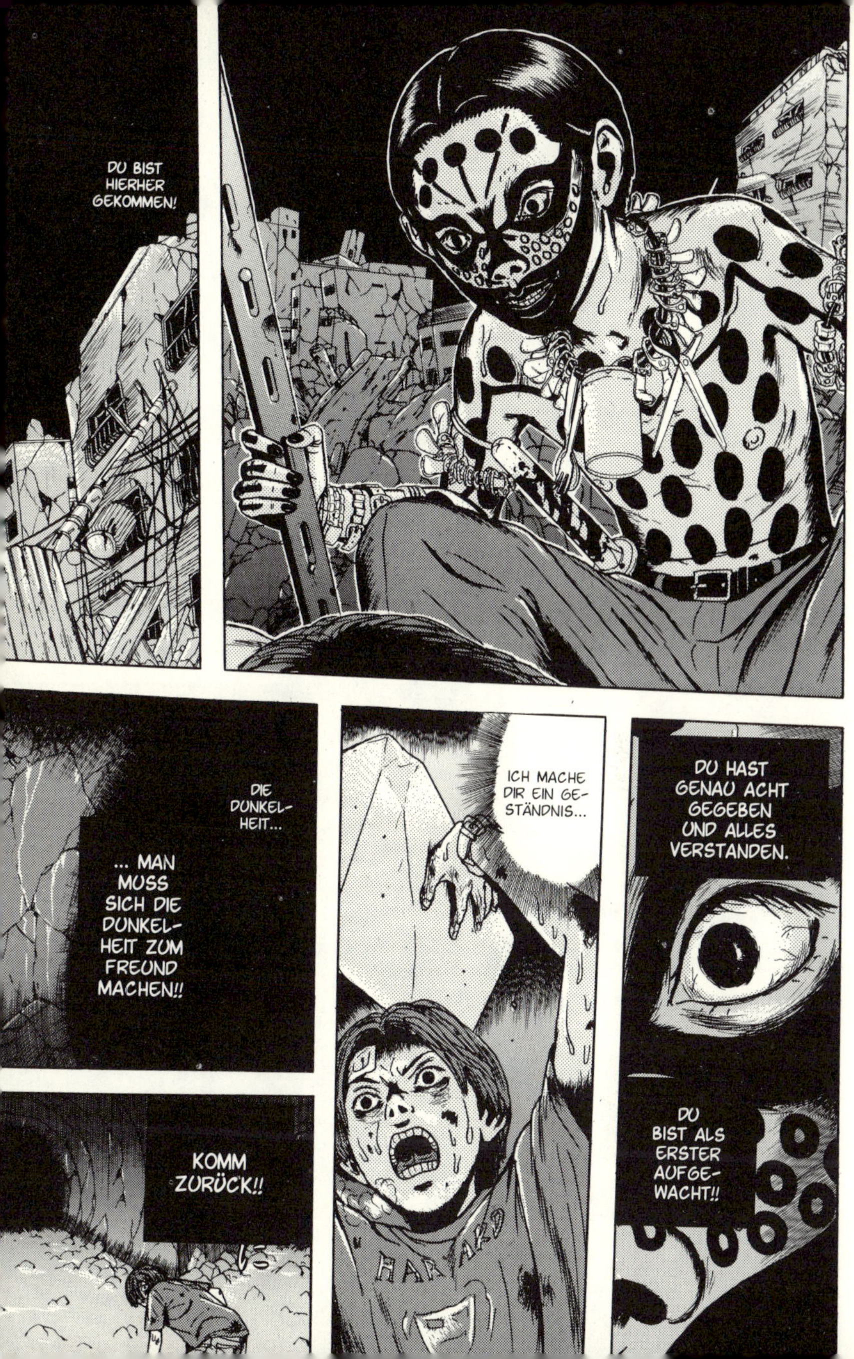

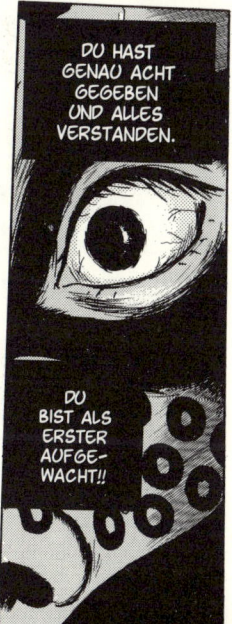

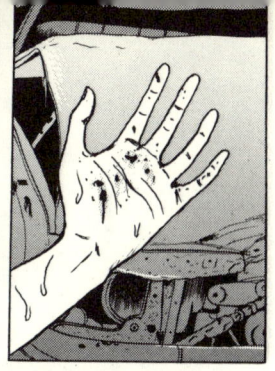
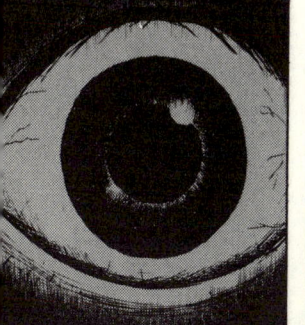
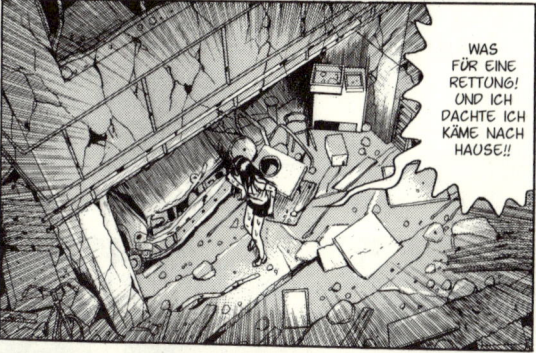

WAS FÜR EINE RETTUNG! UND ICH DACHTE ICH KÄME NACH HAUSE!!

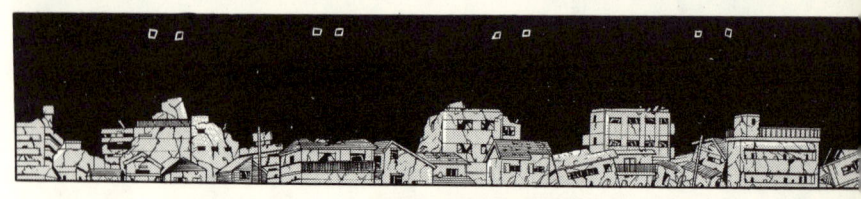

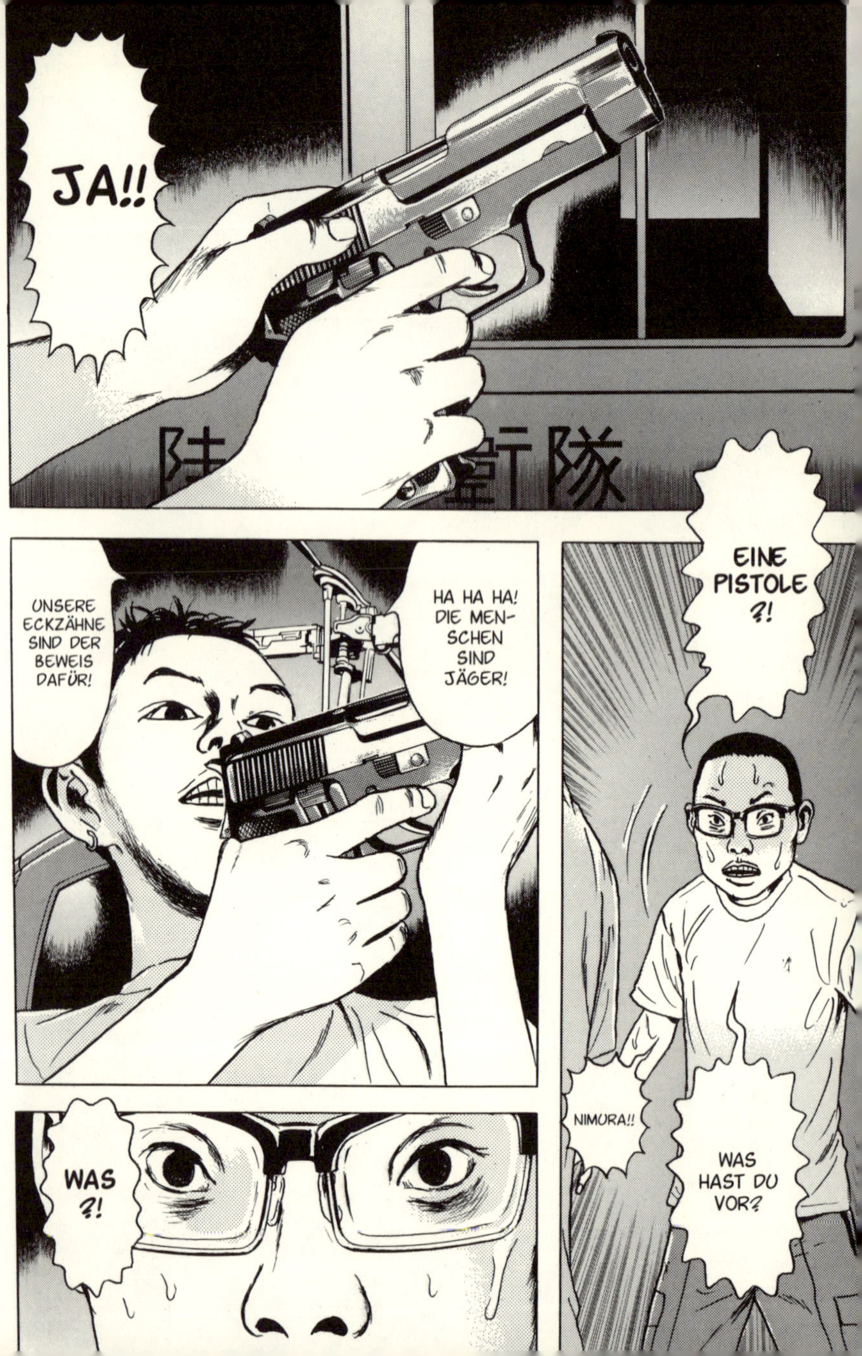

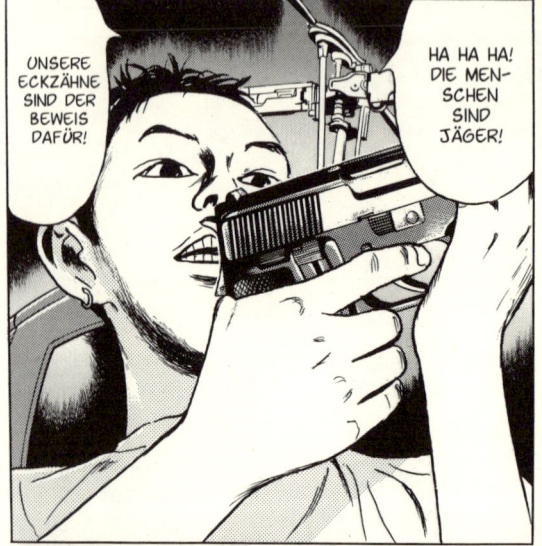

JAA...

NIMURA!!!

SO-SO EIN GEFÄHRLICHES DING...!!!

DU BIST WIRKLICH NERVTÖTEND! BENIMM DICH ODER ICH ERSCHIESS DICH GLEICH HIER!

WAS?!

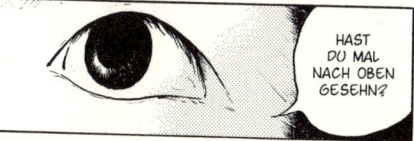

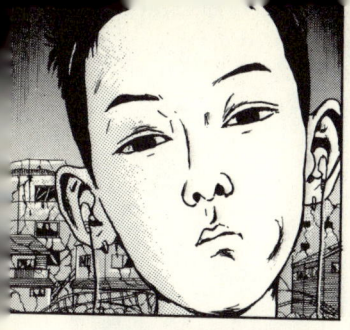

HA! MENSCHEN HABEN SCHON AUS DÜMMEREN GRÜNDEN GETÖTET!

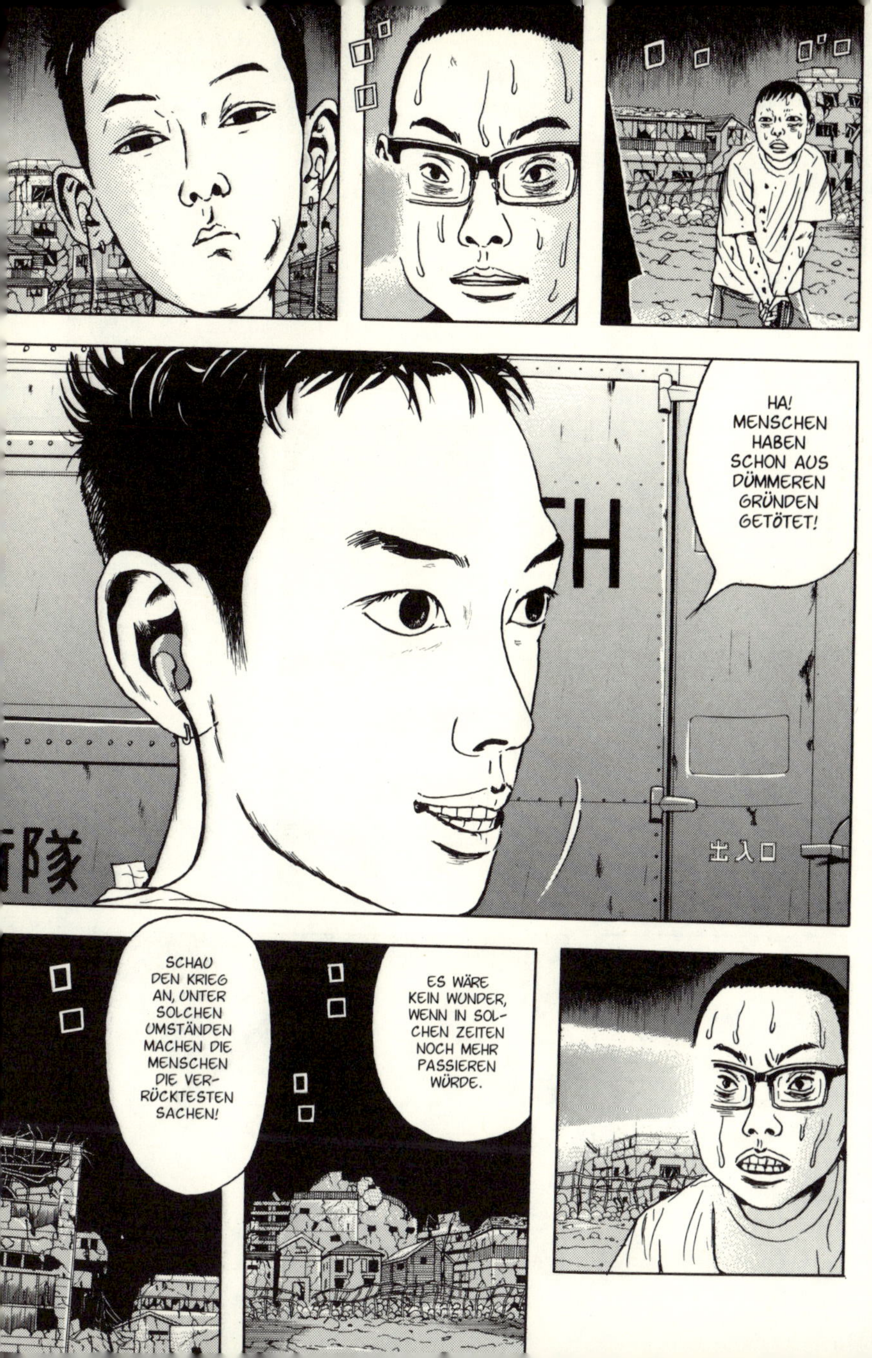

SCHAU DEN KRIEG AN, UNTER SOLCHEN UMSTÄNDEN MACHEN DIE MENSCHEN DIE VERRÜCKTESTEN SACHEN!

ES WÄRE KEIN WUNDER, WENN IN SOLCHEN ZEITEN NOCH MEHR PASSIEREN WÜRDE.

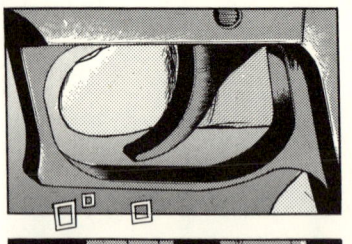

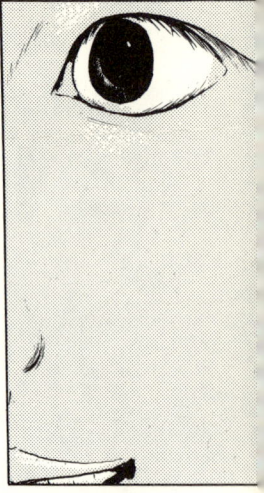

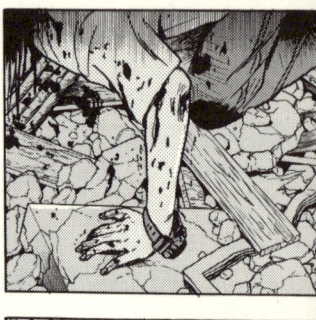

VER-
DAMMT!
BIN ICH
GESTOR-
BEN?
HIER...?

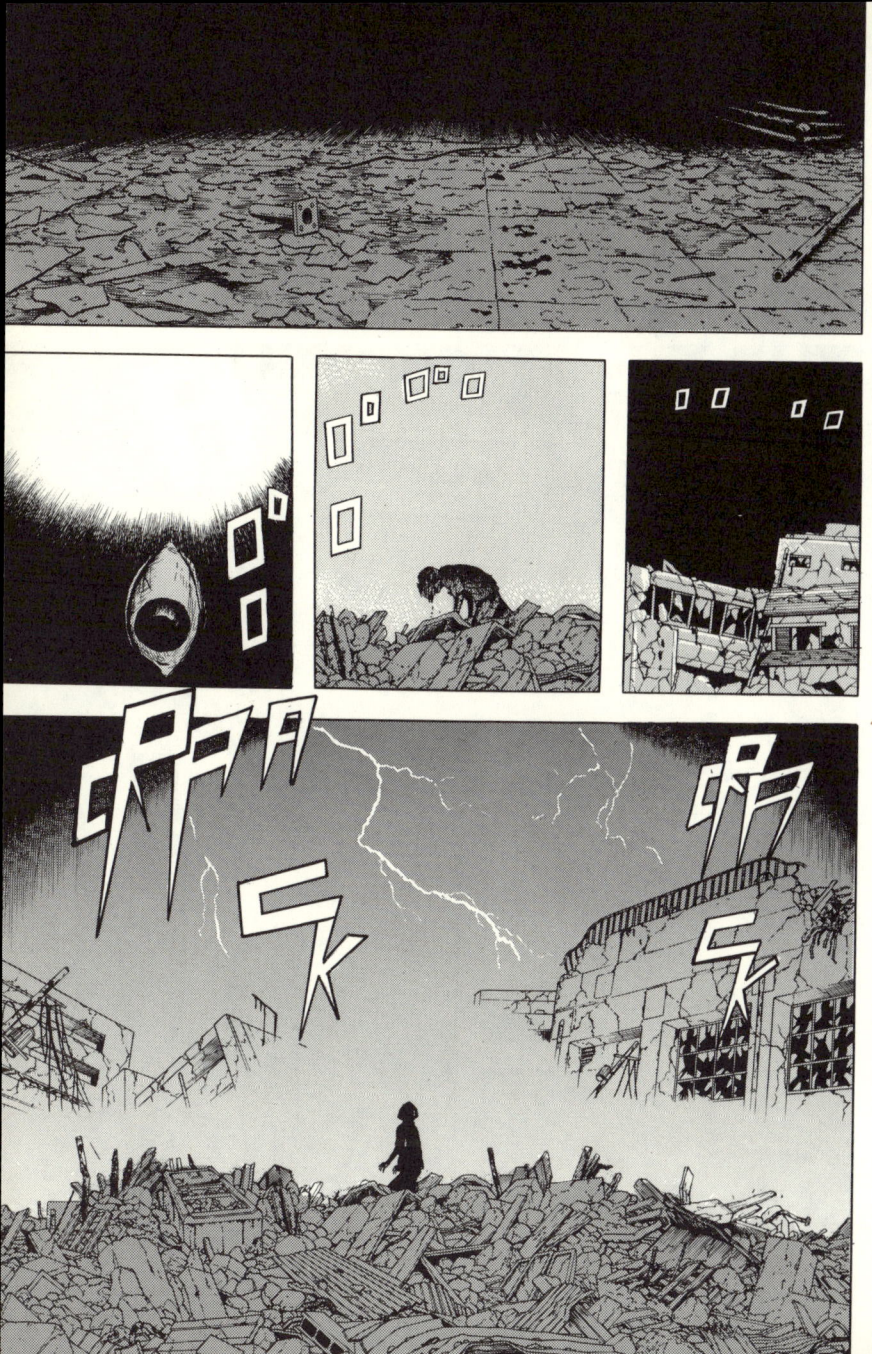

NIMURA!!

DIESER... ER IST NICHT EINFACH NUR VERRÜCKT!

ER HÄLT SICH FÜR BESONDERS SCHLAU!!

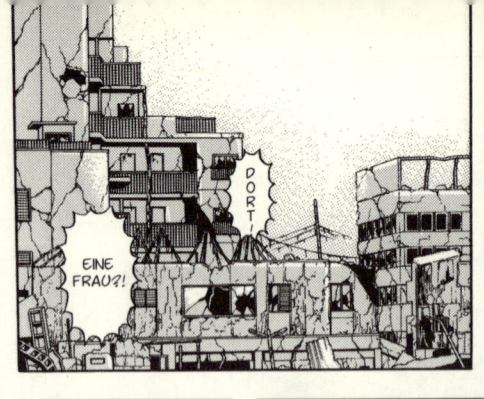

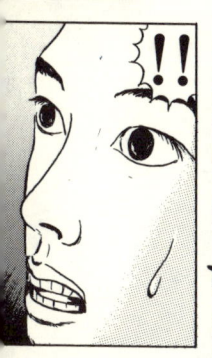

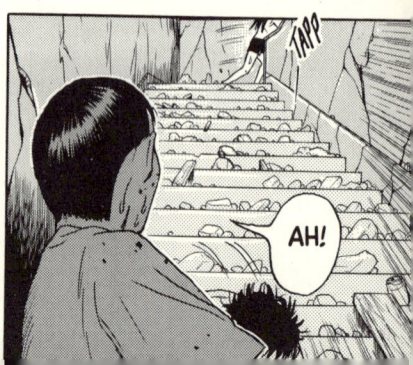

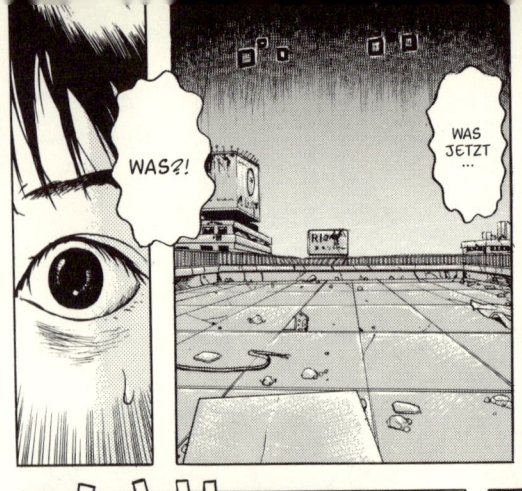

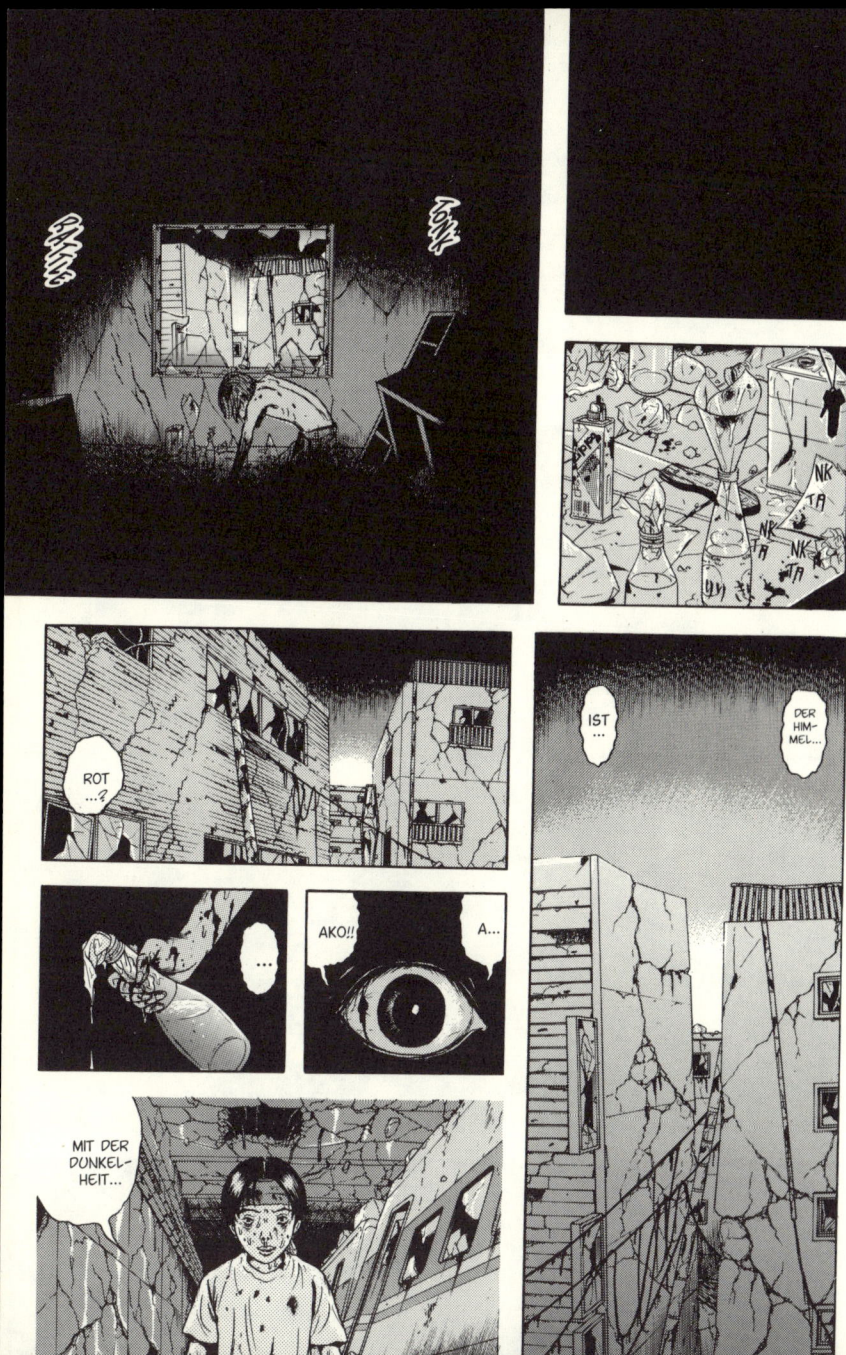

... WAS IST NUR MIT MIR...?

ICH FÜHLTE MICH WOHL IN DER FINSTERNIS...

... WAS WAR NUR MIT MIR PASSIERT...?

IRGENDWIE WAR DER SCHMERZ WIE DURCH EIN WUNDER WEG...

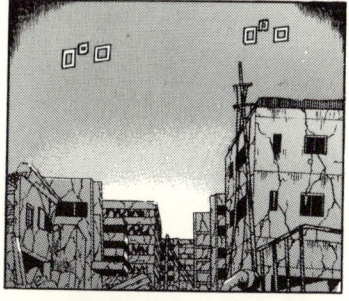

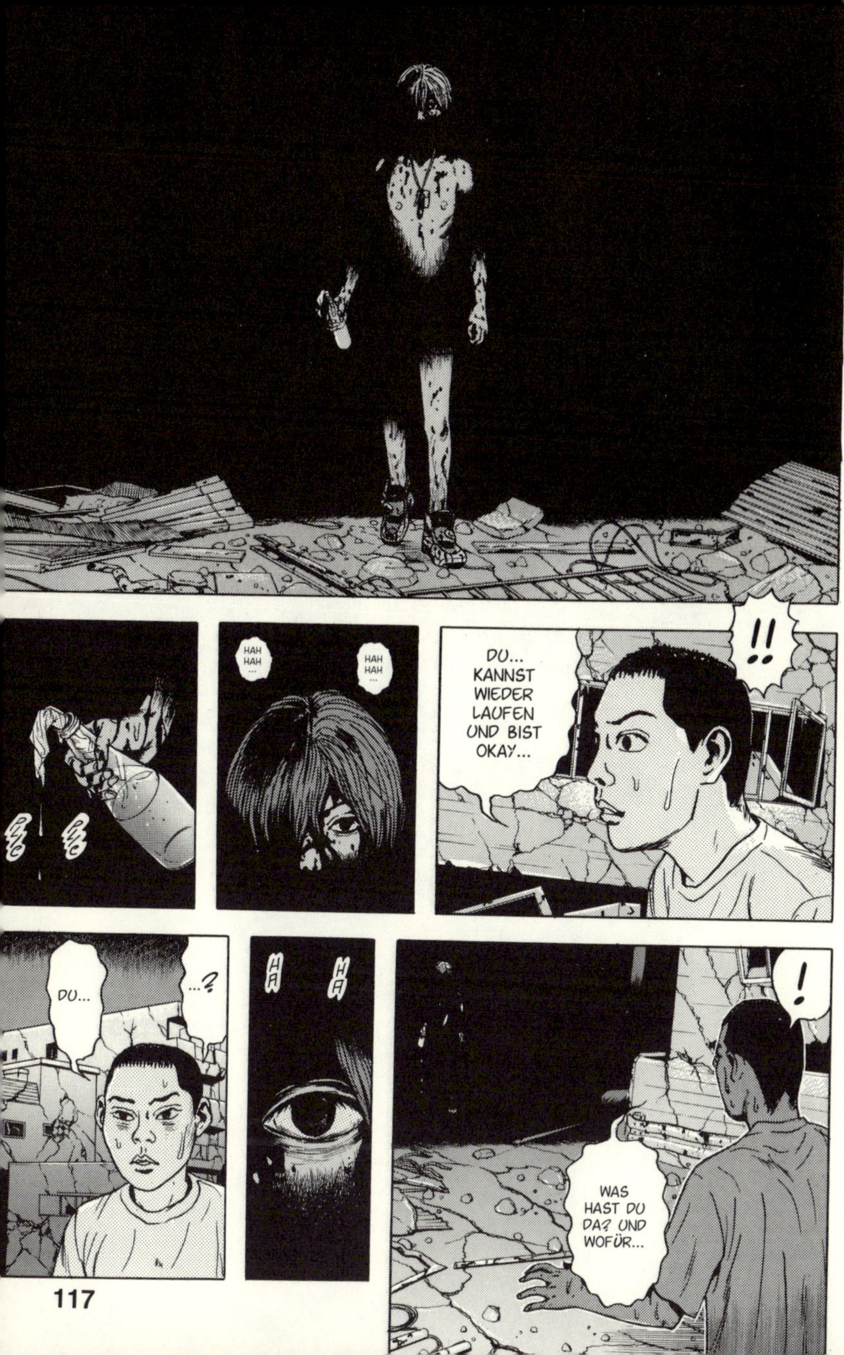

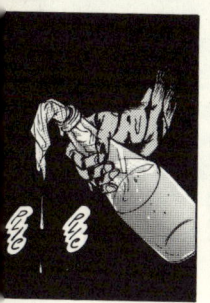

43. KAPITEL "FEUERSBRUNST"

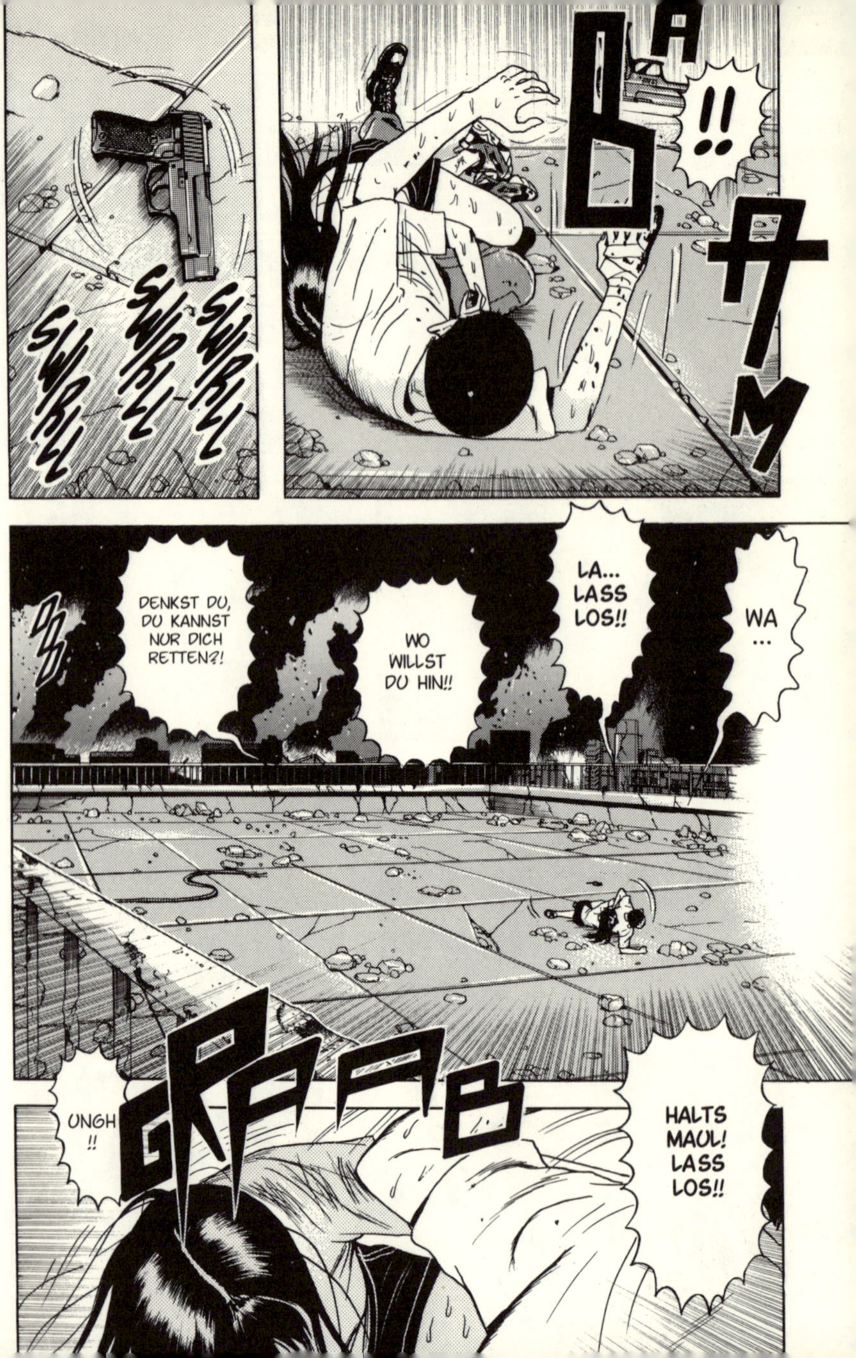

SWIRLL SWIRLL SWIRLL

BAAM!!

DENKST DU, DU KANNST NUR DICH RETTEN?!

WO WILLST DU HIN!!

LA... LASS LOS!!

WA...

GRAAB

UNGH!!

HALTS MAUL! LASS LOS!!

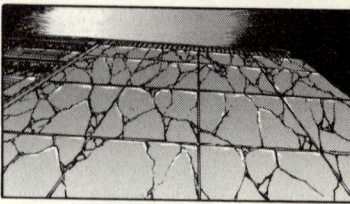

DER HIMMEL IST FEUERROT?!

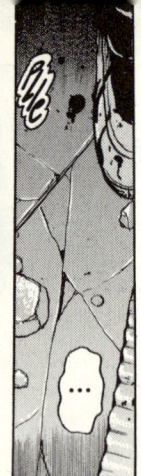

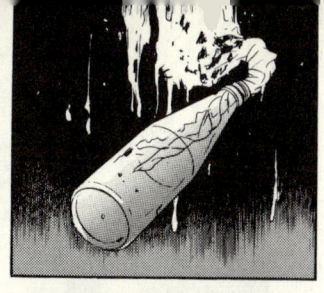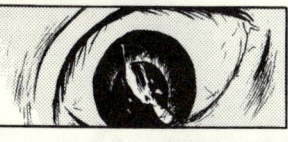

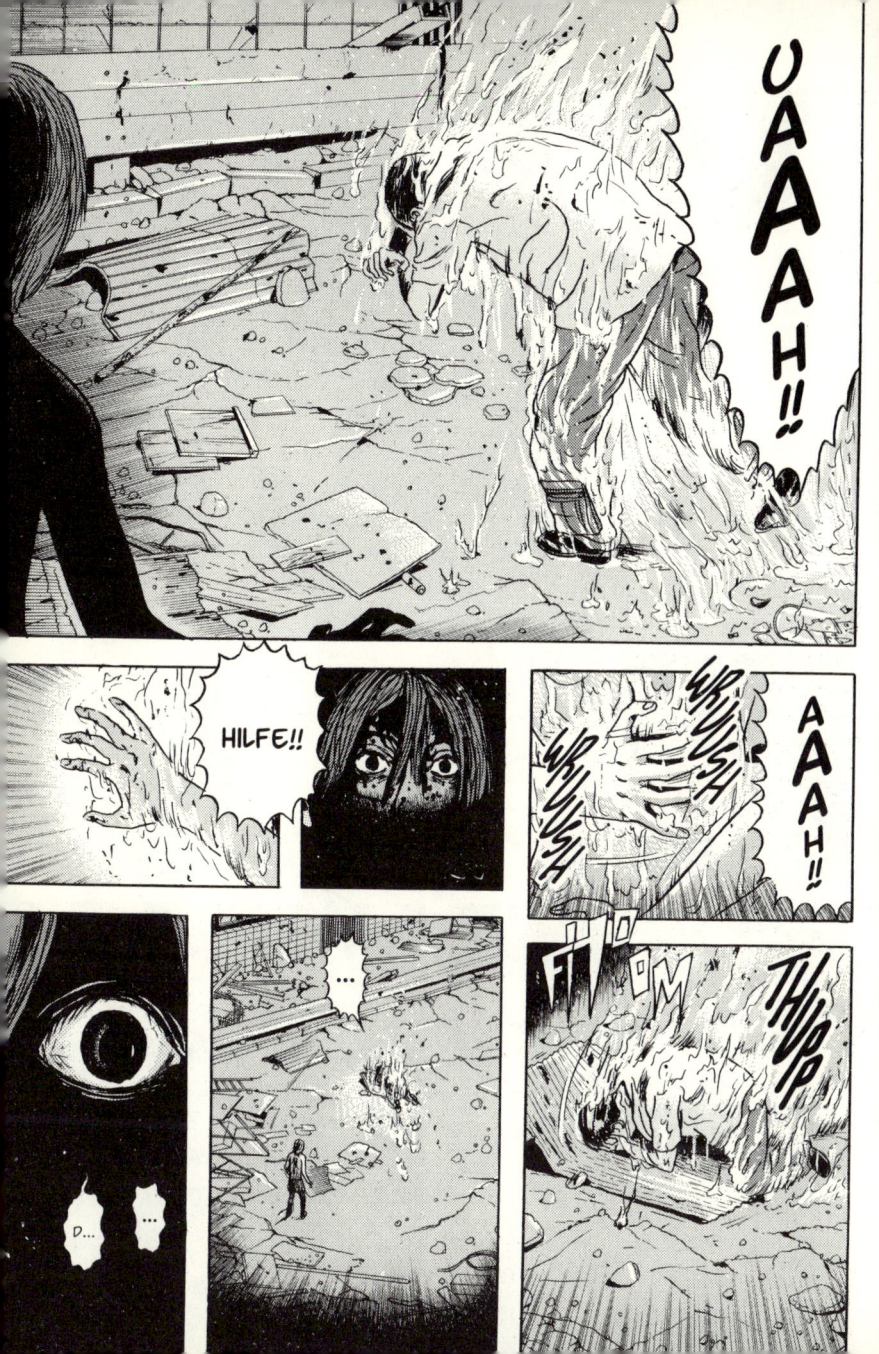

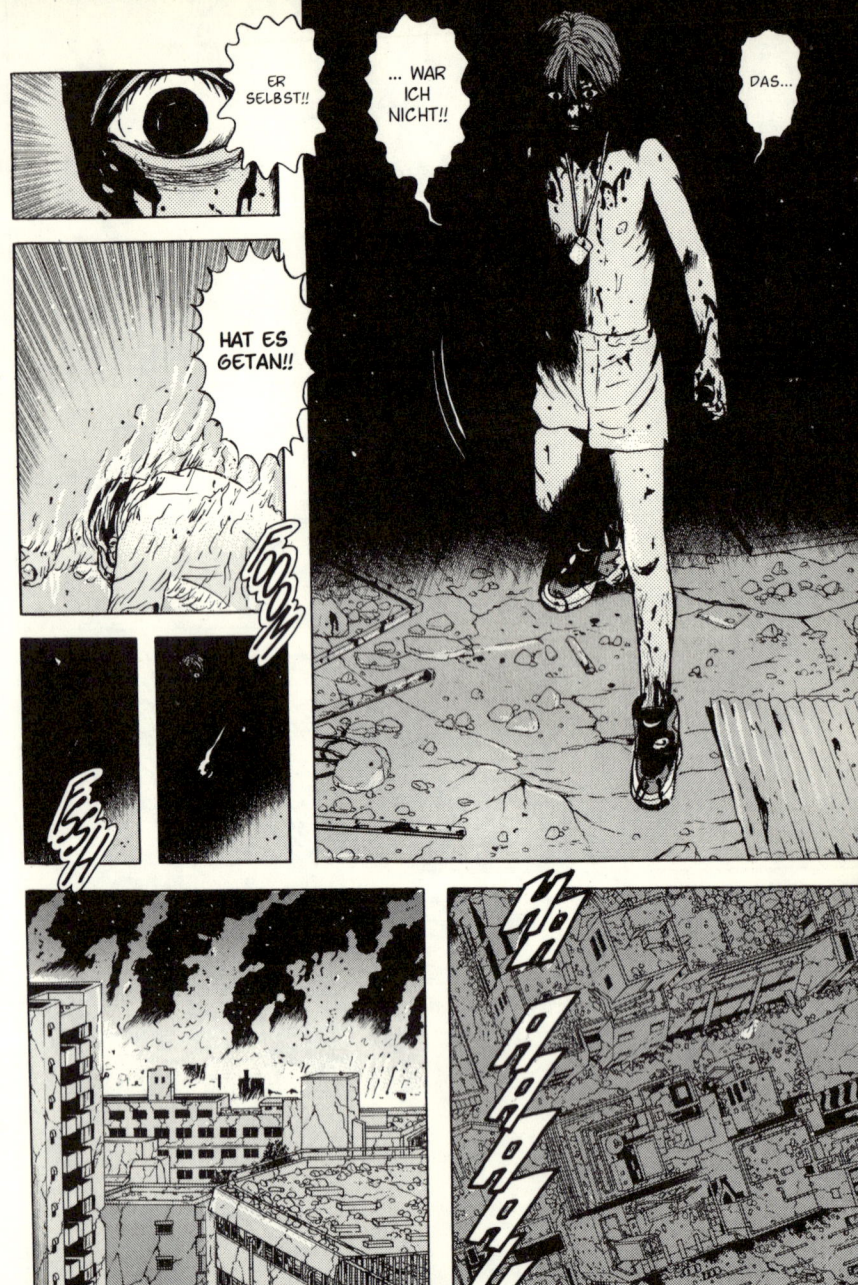

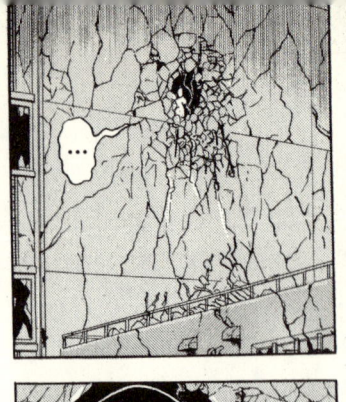

WIR SUCHEN MEINEN FREUND!!

WIR WERDEN ZUSAMMEN FLIEHEN!!

TS...

WIRKLICH...?!

UNSER HELI IST DORT DRÜBEN.

IST DAS WAHR?!

VIELLEICHT IST ER DORT HIN, WEIL ER HILFE SUCHTE.

WAS?!

JETZT VERSTEH ICH! DER KLEINE VOM HELI!

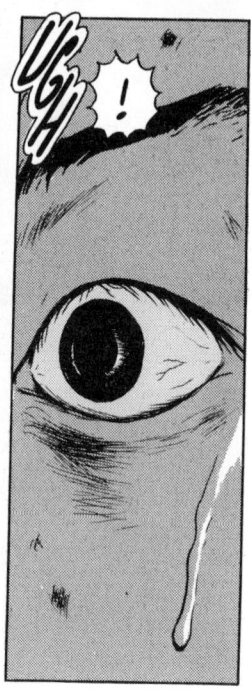

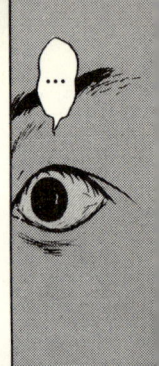

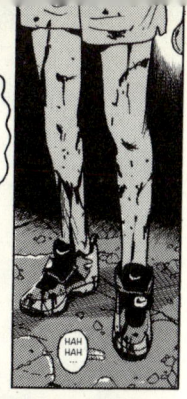

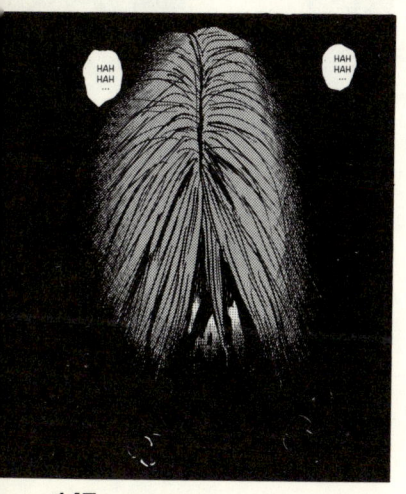

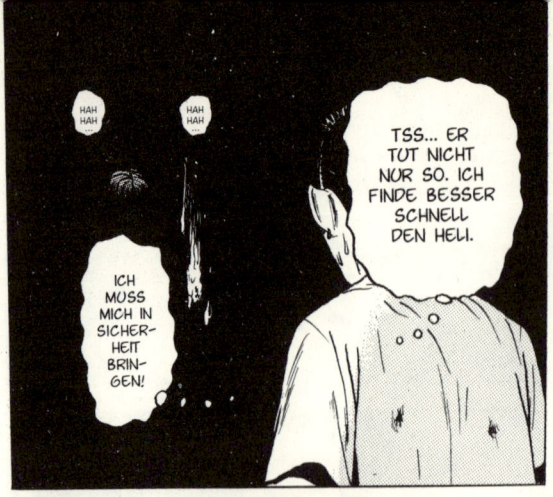

FLIEHEN ODER...

HAH HAH...

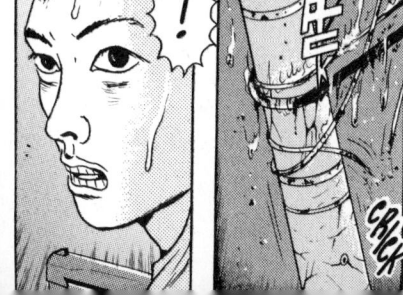

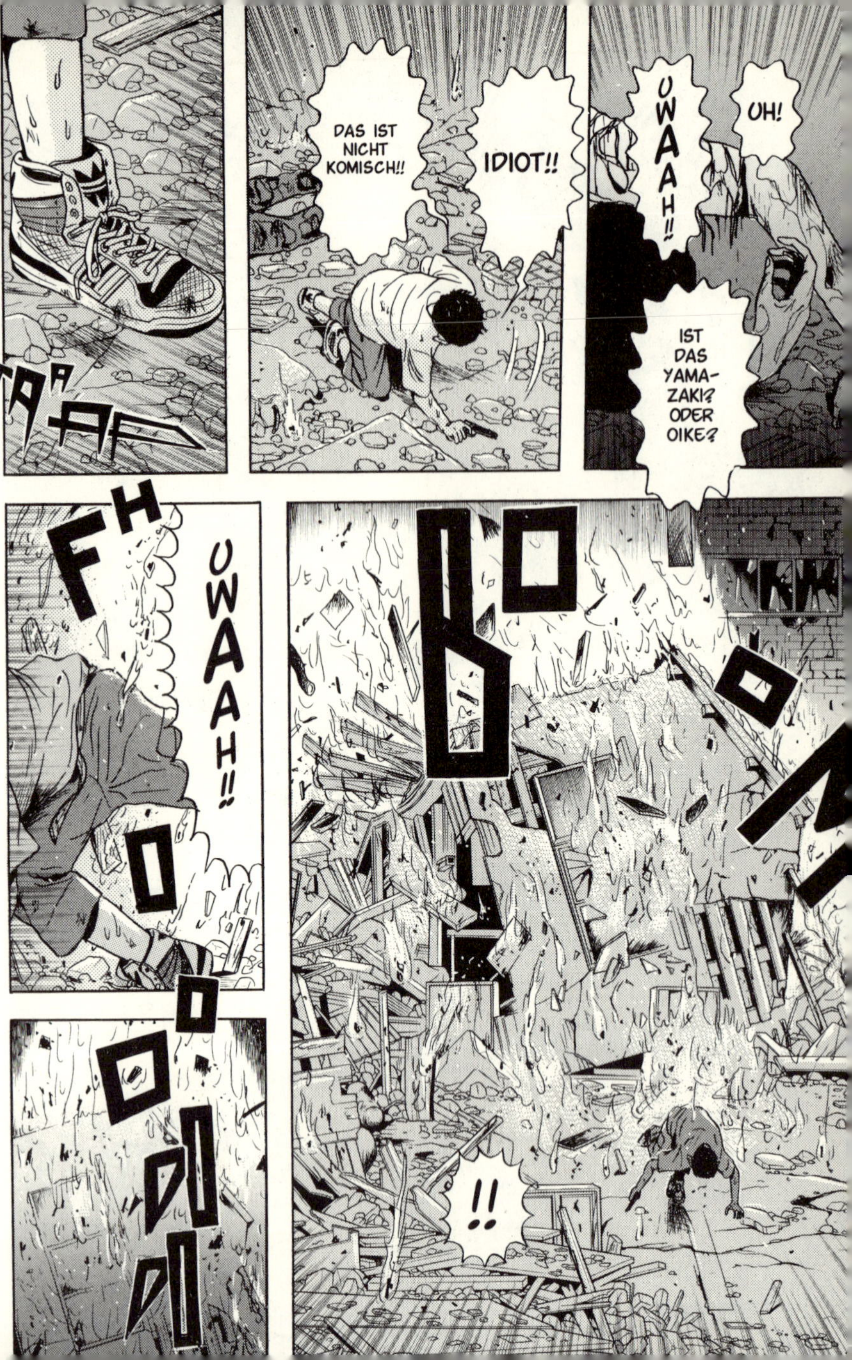

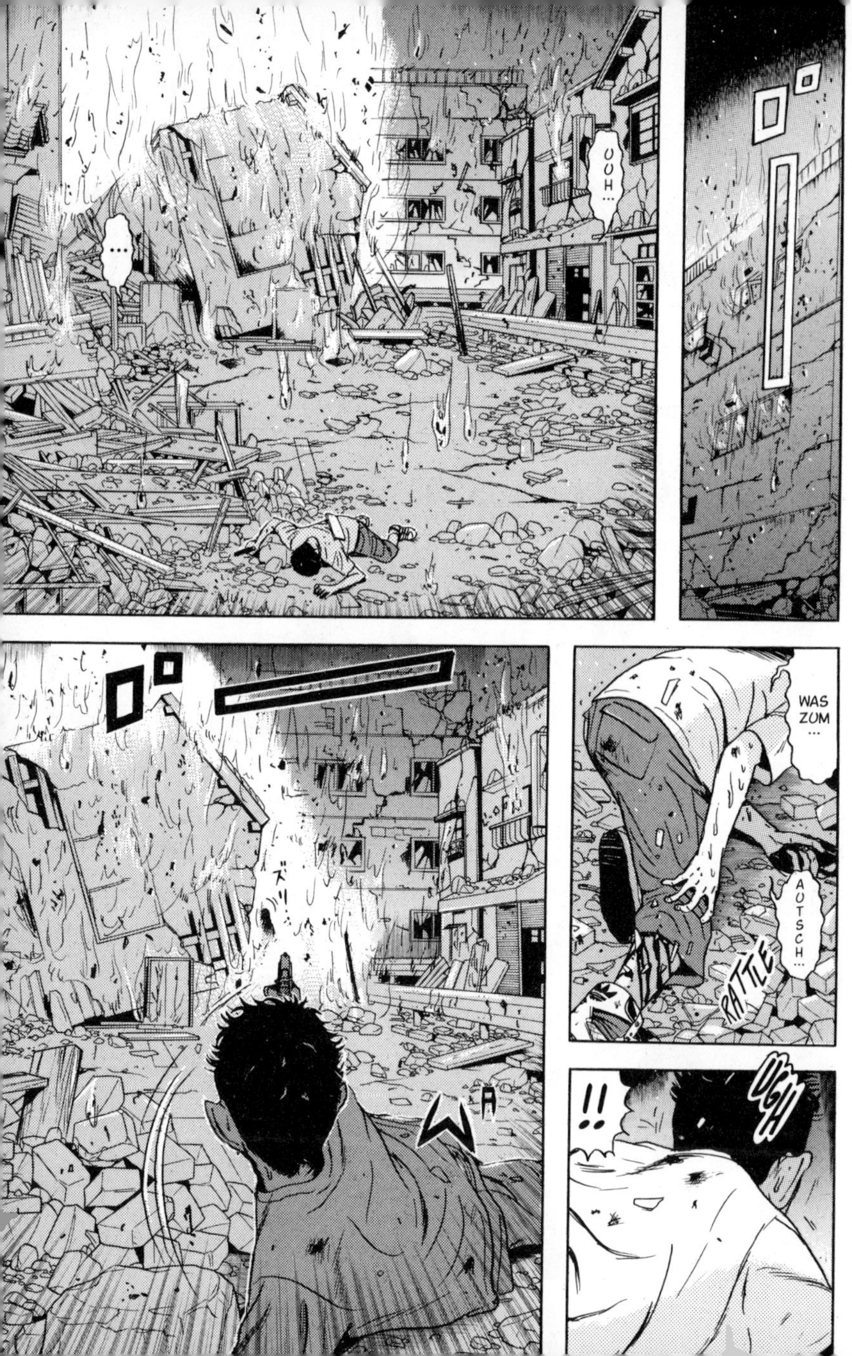

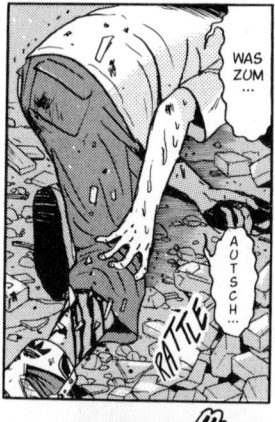

WAS ZUM...

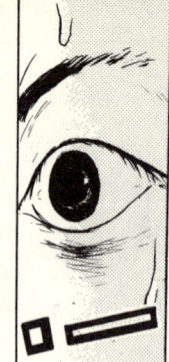

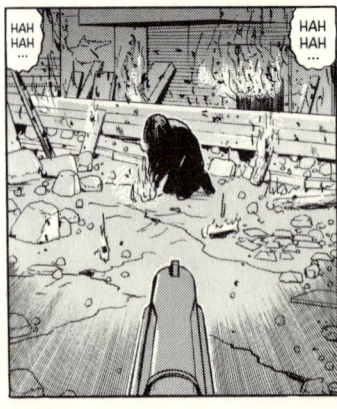

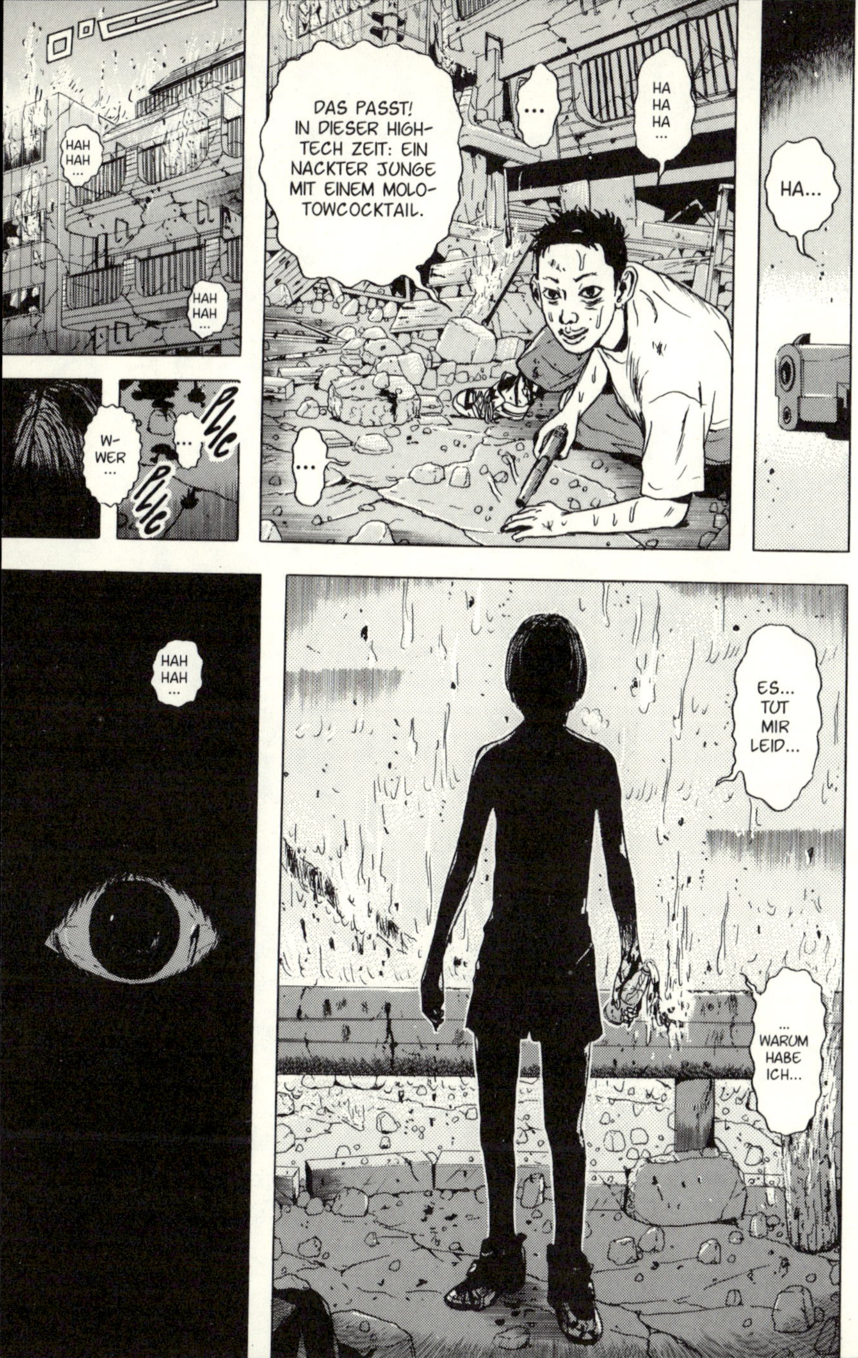

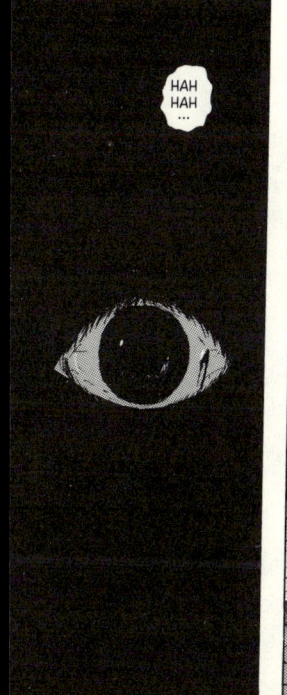

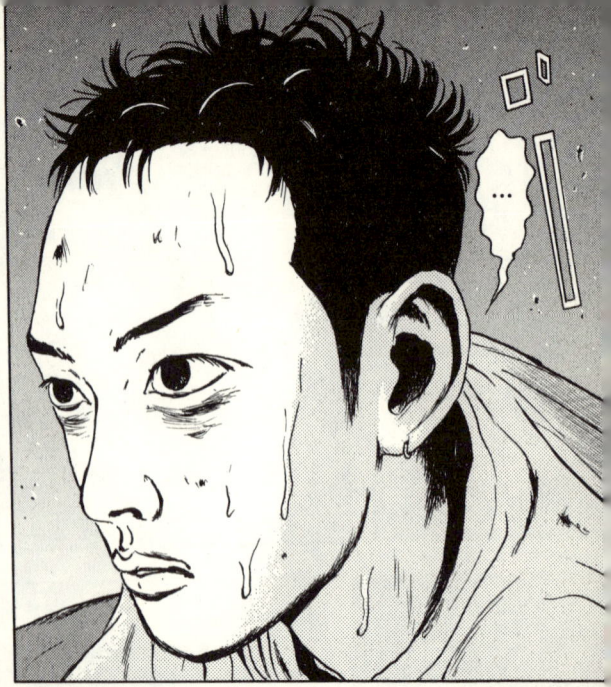

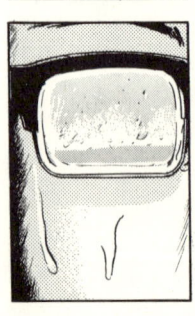
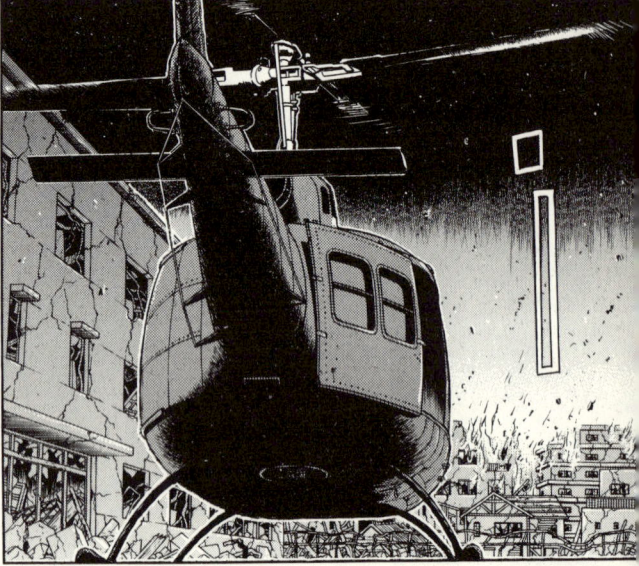

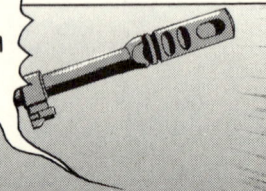

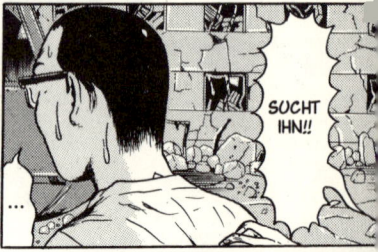

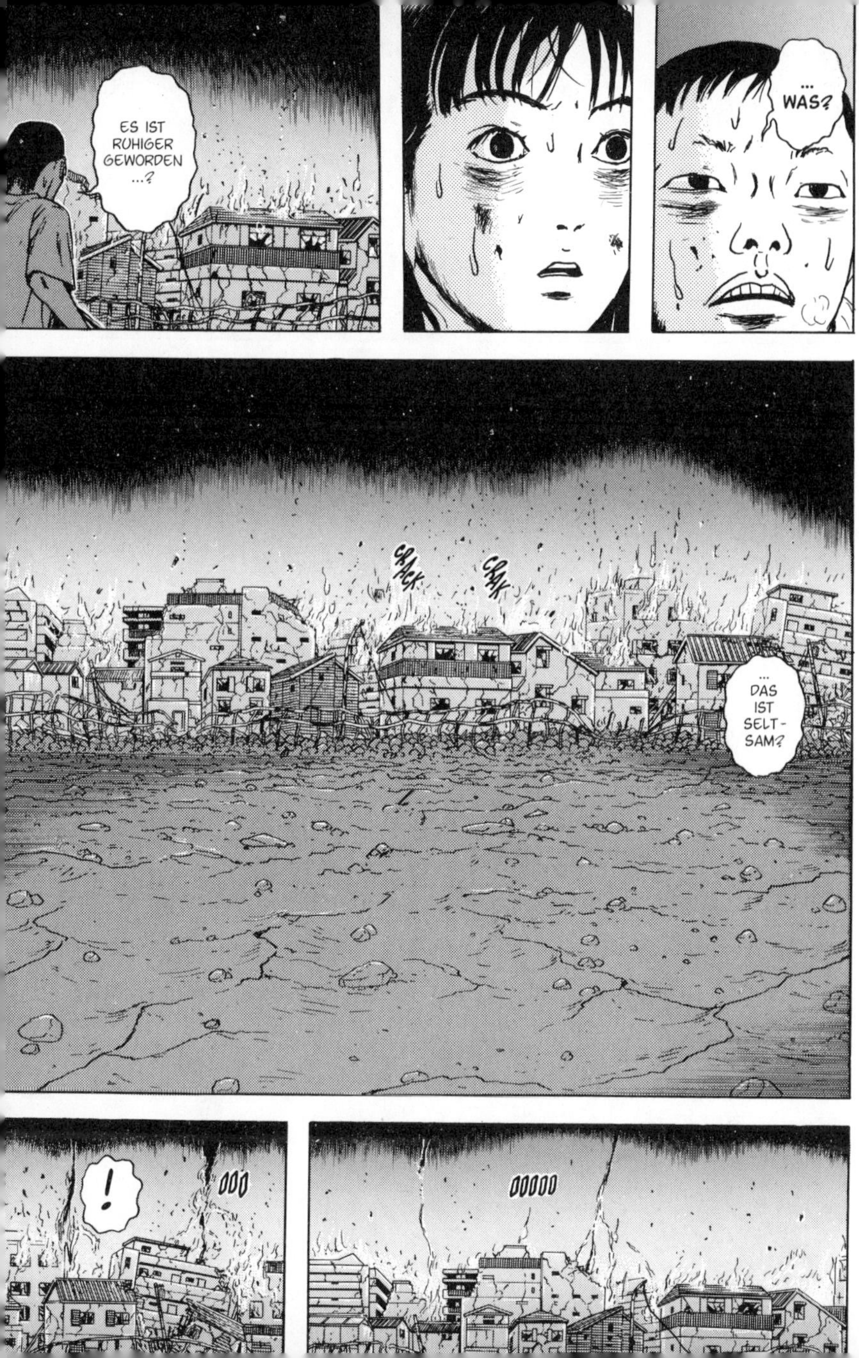

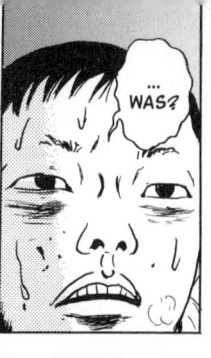

45. KAPITEL
"WIRBELWIND AUS FEUER"

JETZT HILFT NUR NOCH BETEN!!

MIST!!

SCHNELL IN DEN HELI!

SO SCHNELL?!

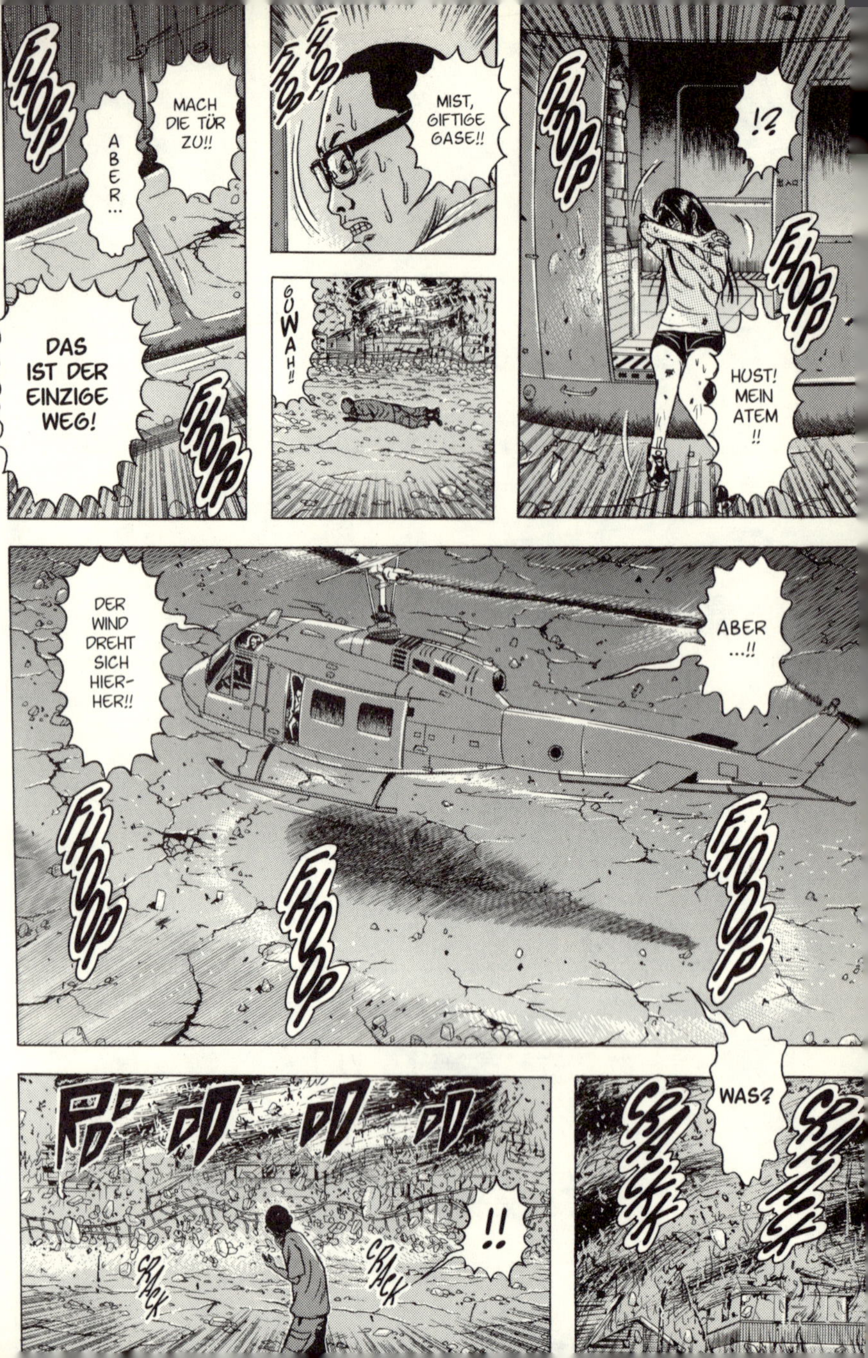

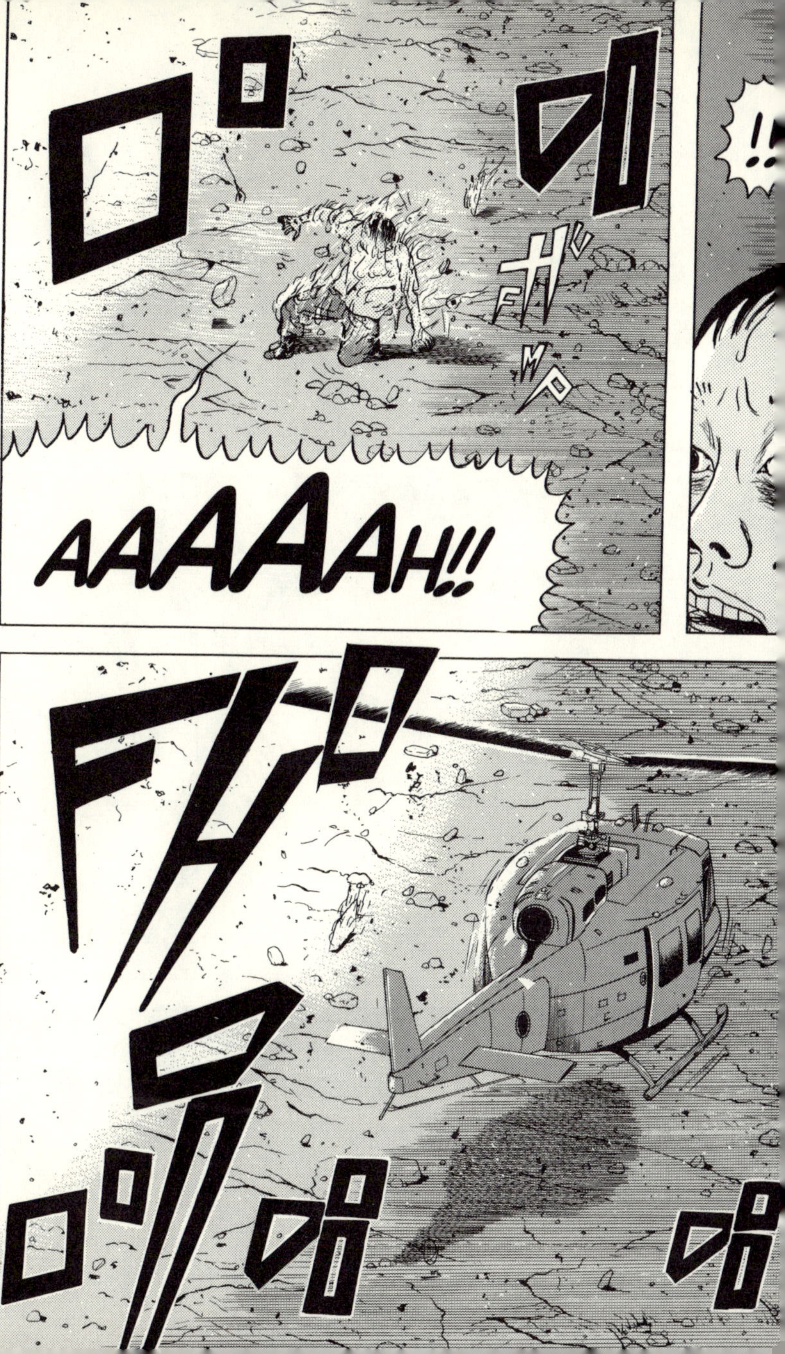

AAAAAH!!

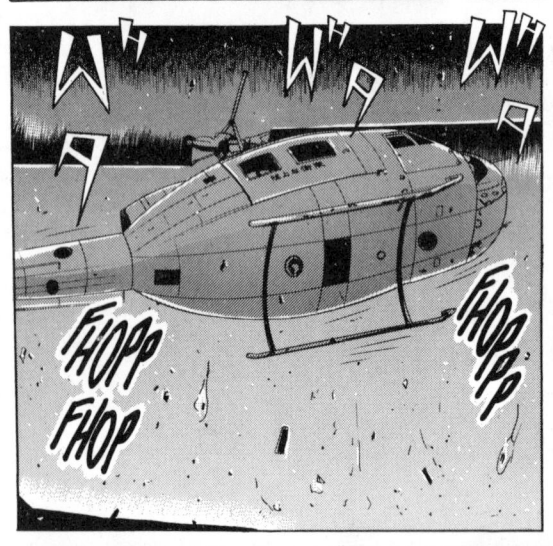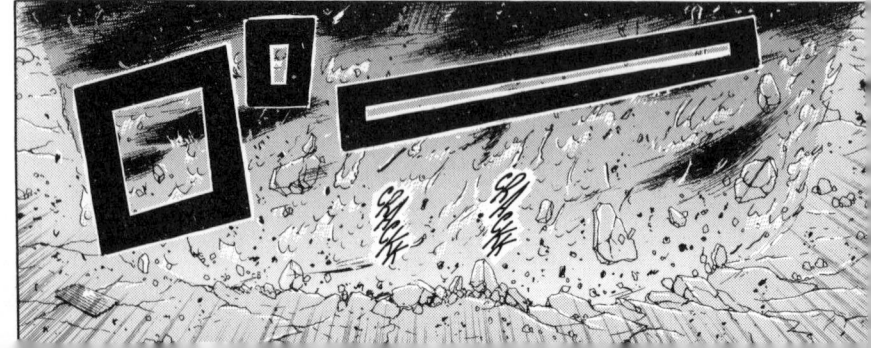

... IM INNEREN DER STADT... ... SIND UNZÄHLIGE FEUERWIRBEL!

... ZUM BEISPIEL MIT DEM WIND.

DA PASSIEREN AUCH IN DER LUFT SELTSAME DINGE...

ICH HABE GEHÖRT, DASS BEI DEM GROSSEN KANTO-BEBEN ZEHNTAUSENDE BEI EINEM SOLCHEN BRAND GETÖTET WURDEN...

EINE FEUERSBRUNST.

* 1923 DAS GROSSE KANTOBEBEN IN TOKYO.

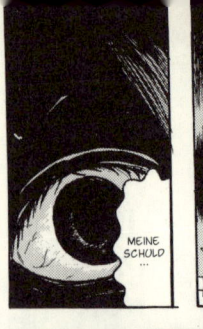
MEINE SCHULD...

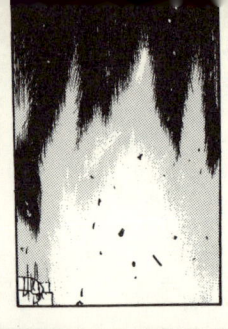
NOCH MEHR.

...

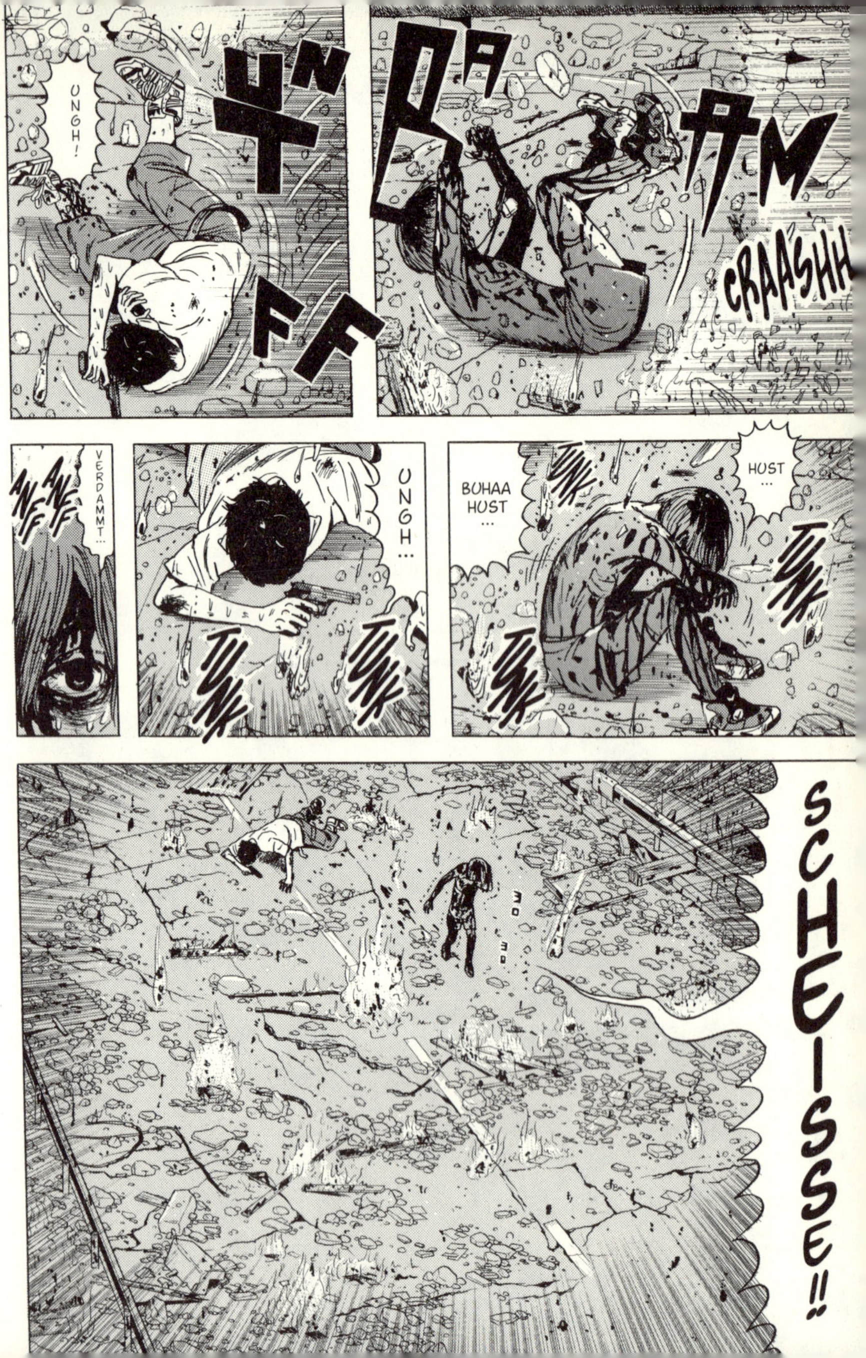

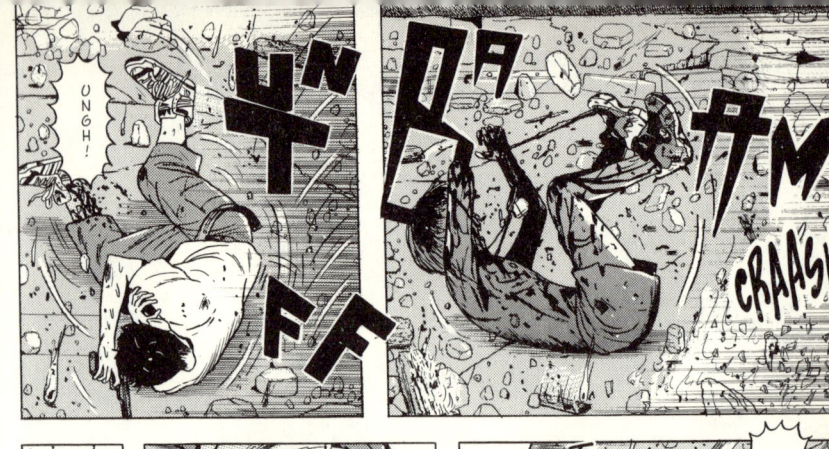

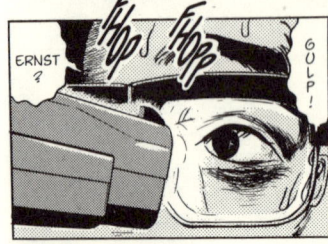

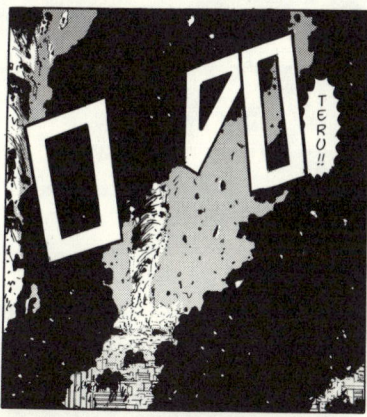

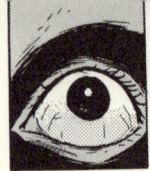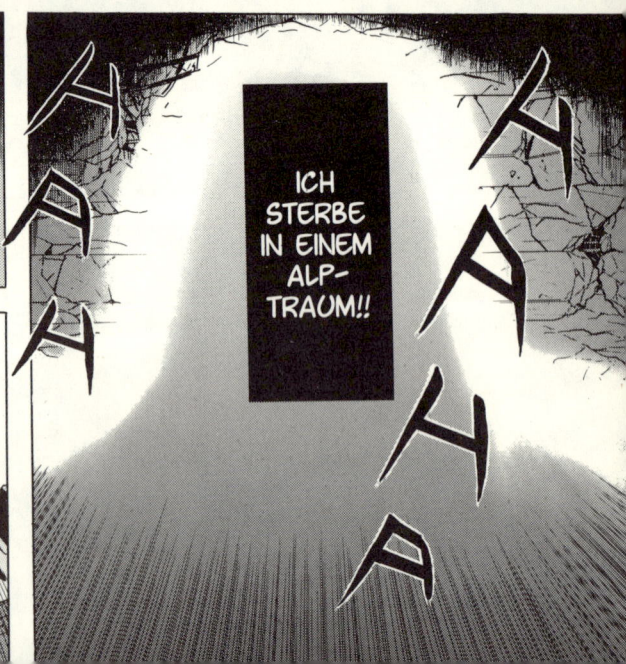

HAH
...

삐애—

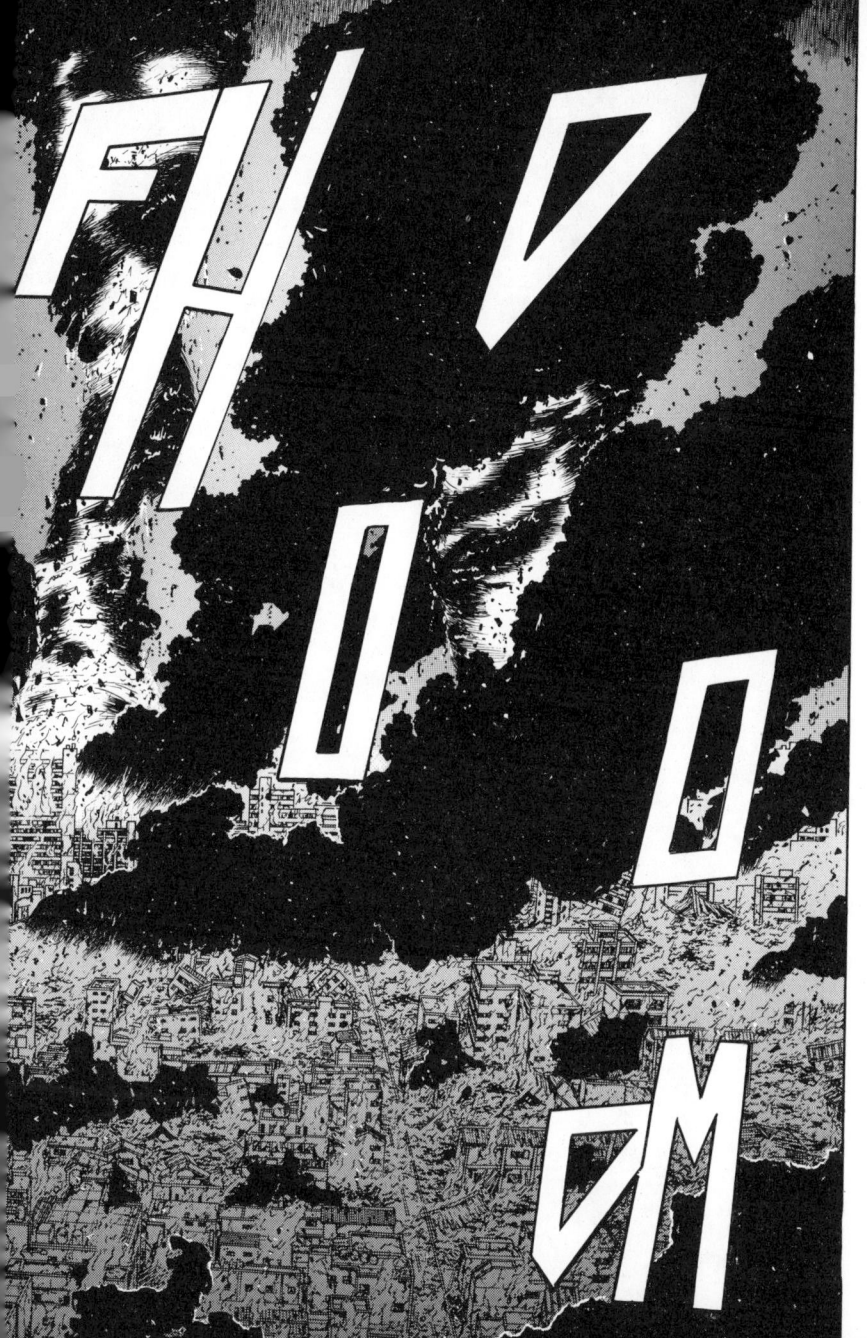

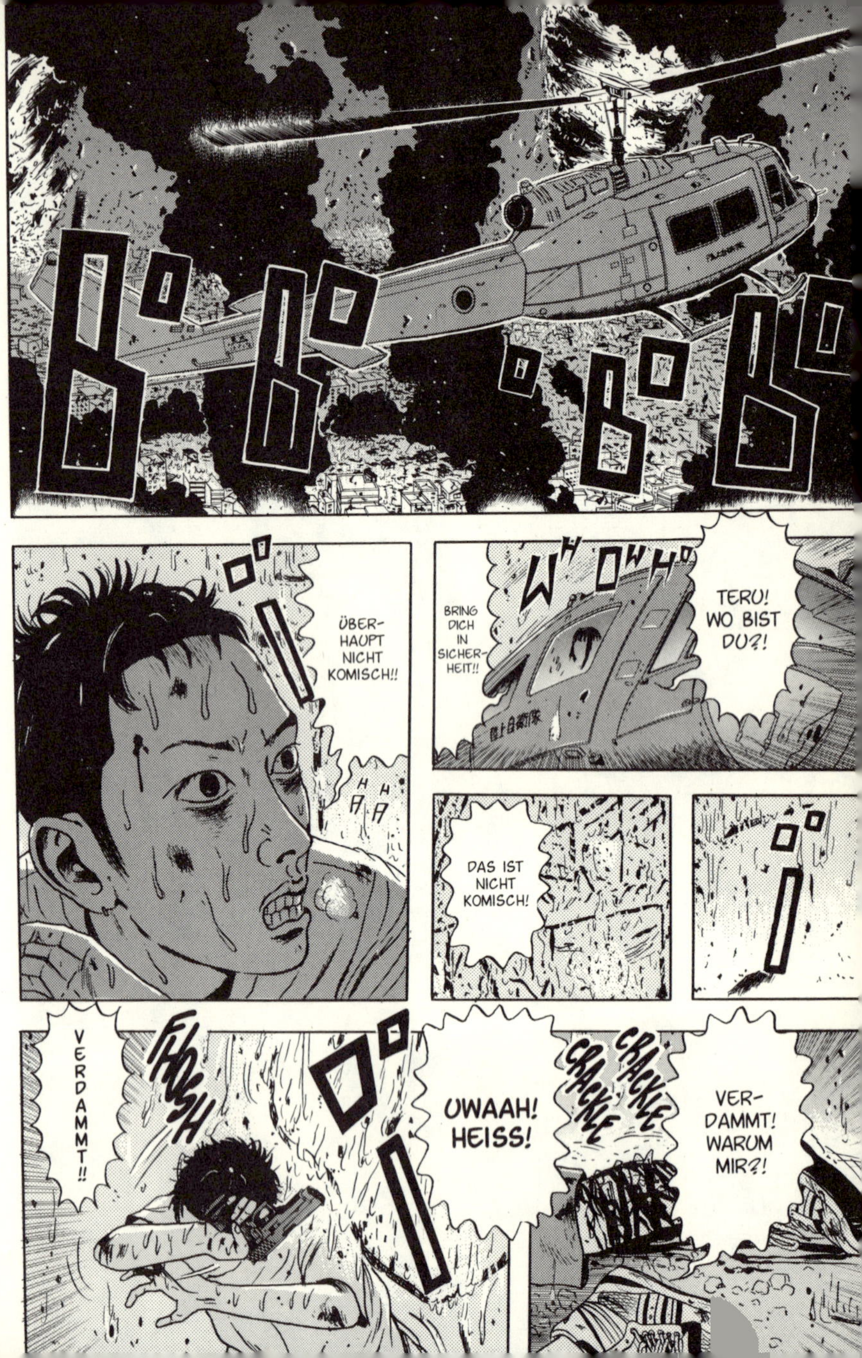

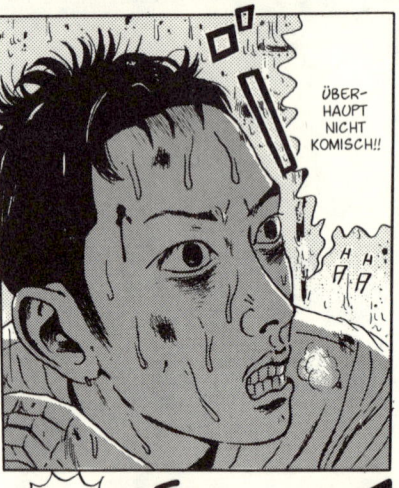

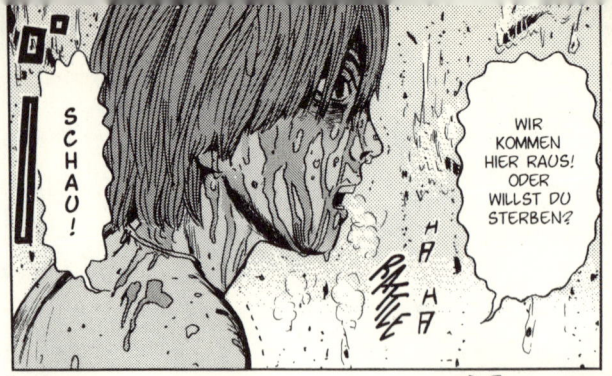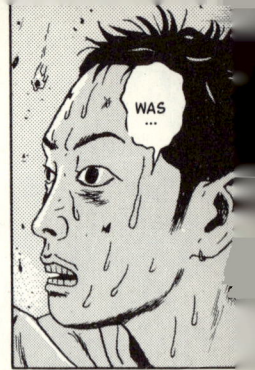

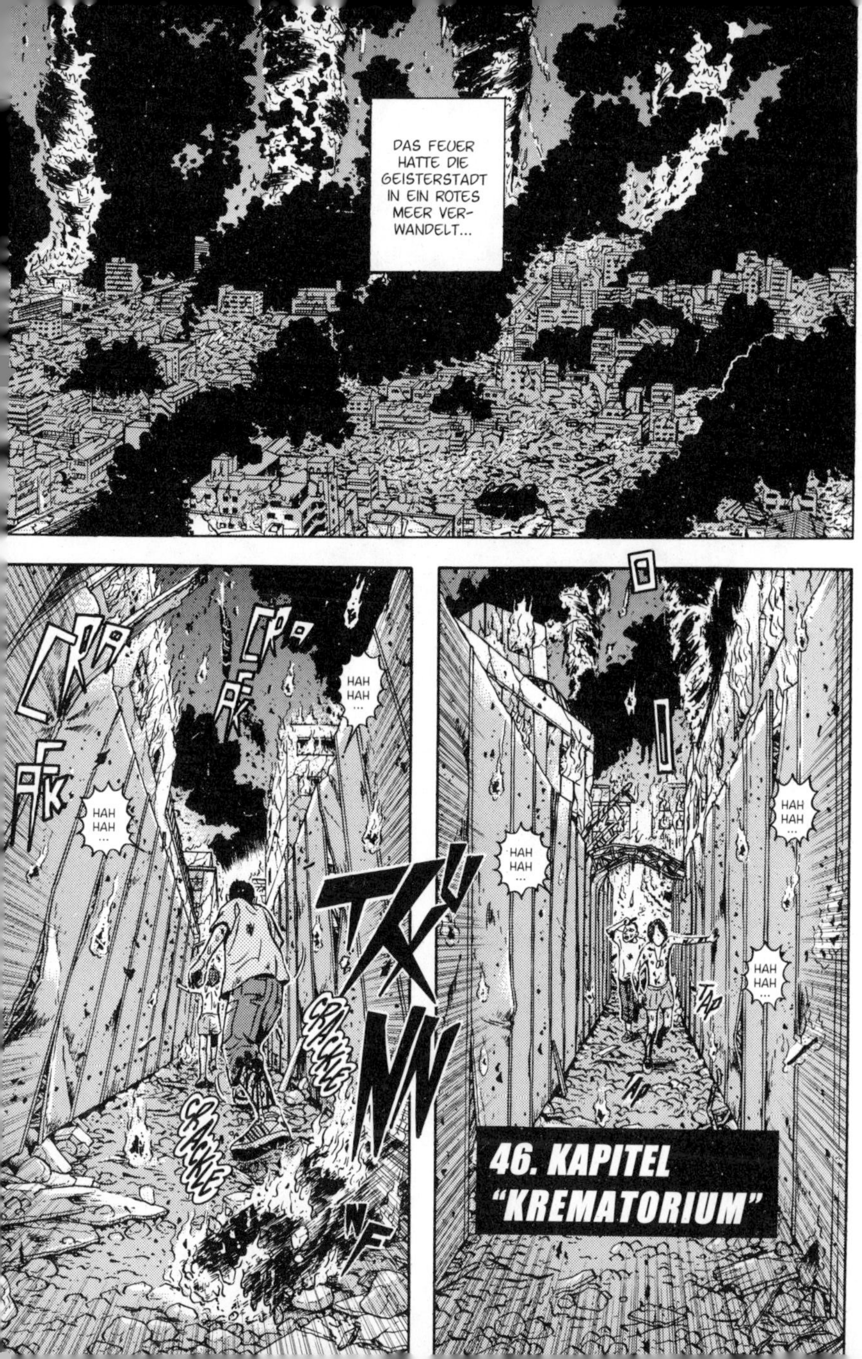

DAS FEUER HATTE DIE GEISTERSTADT IN EIN ROTES MEER VERWANDELT...

46. KAPITEL "KREMATORIUM"

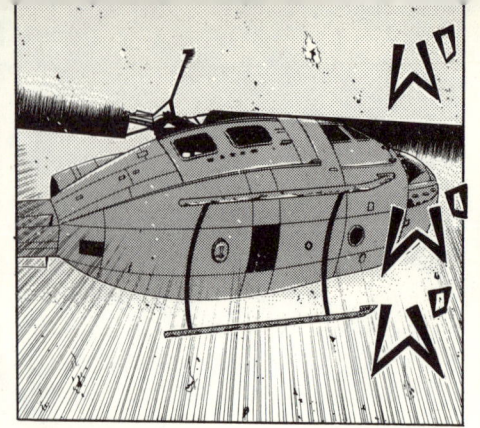

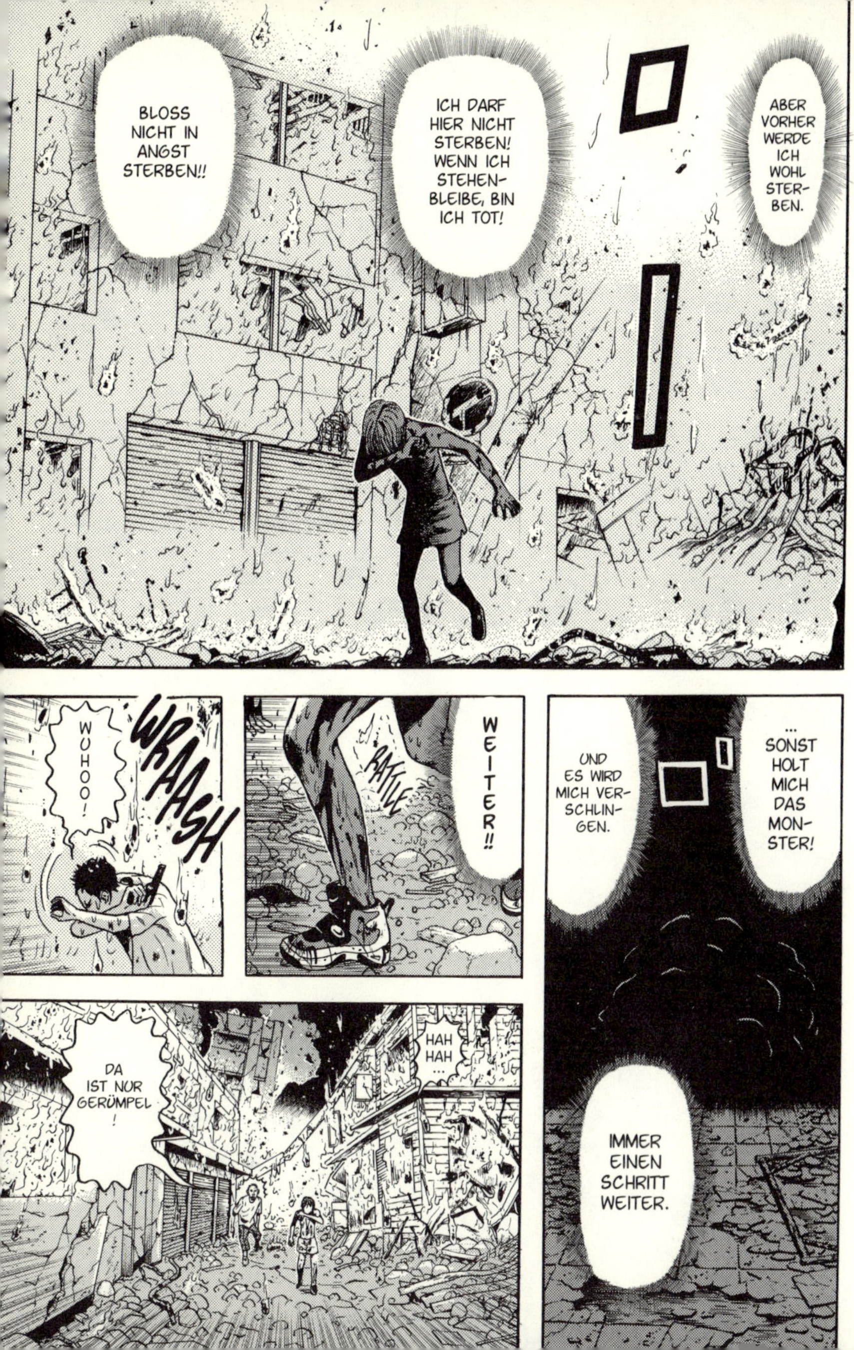

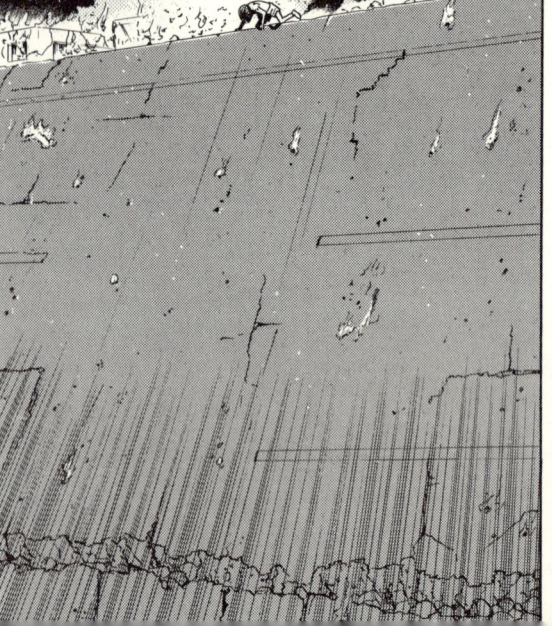

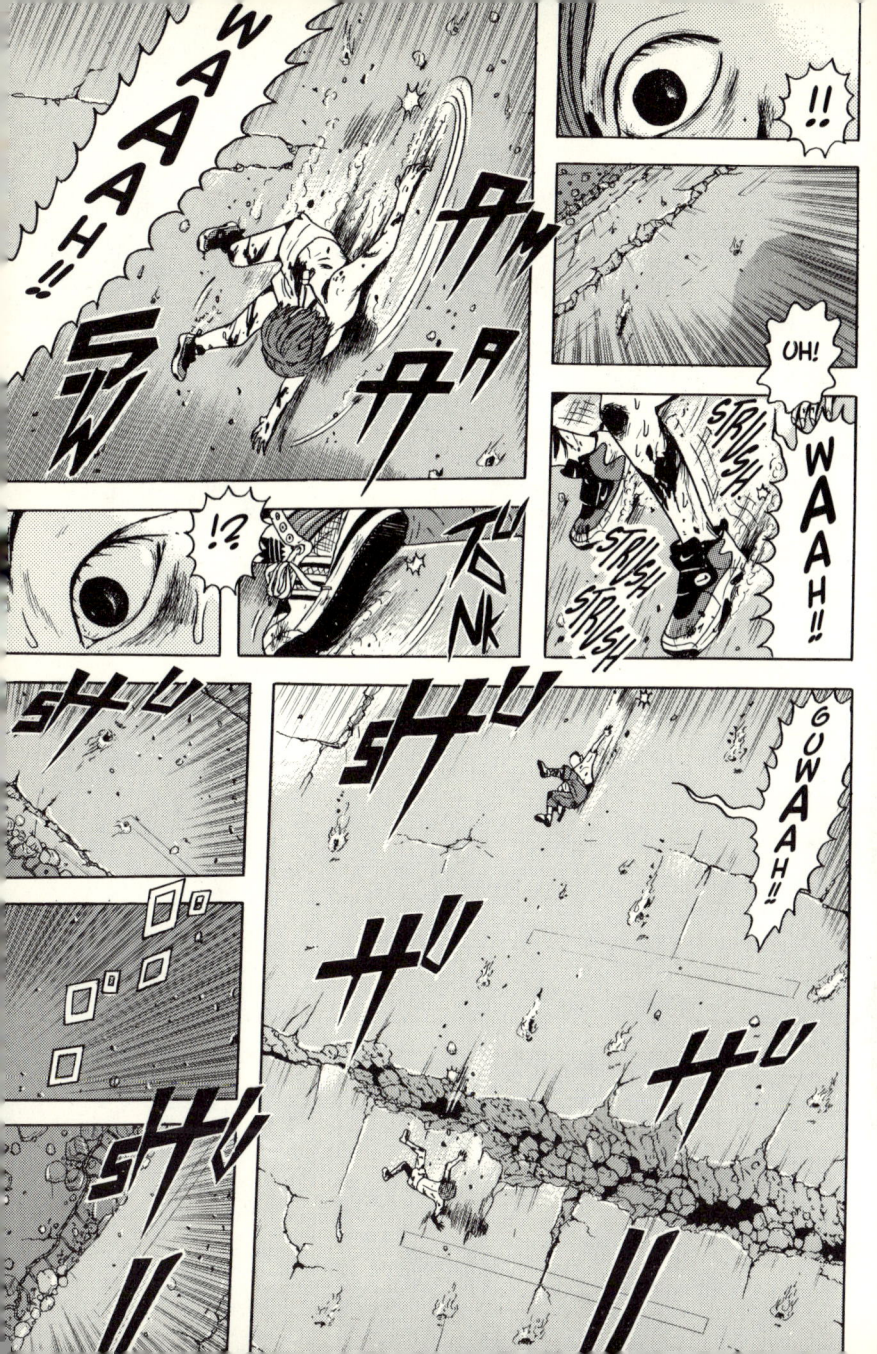

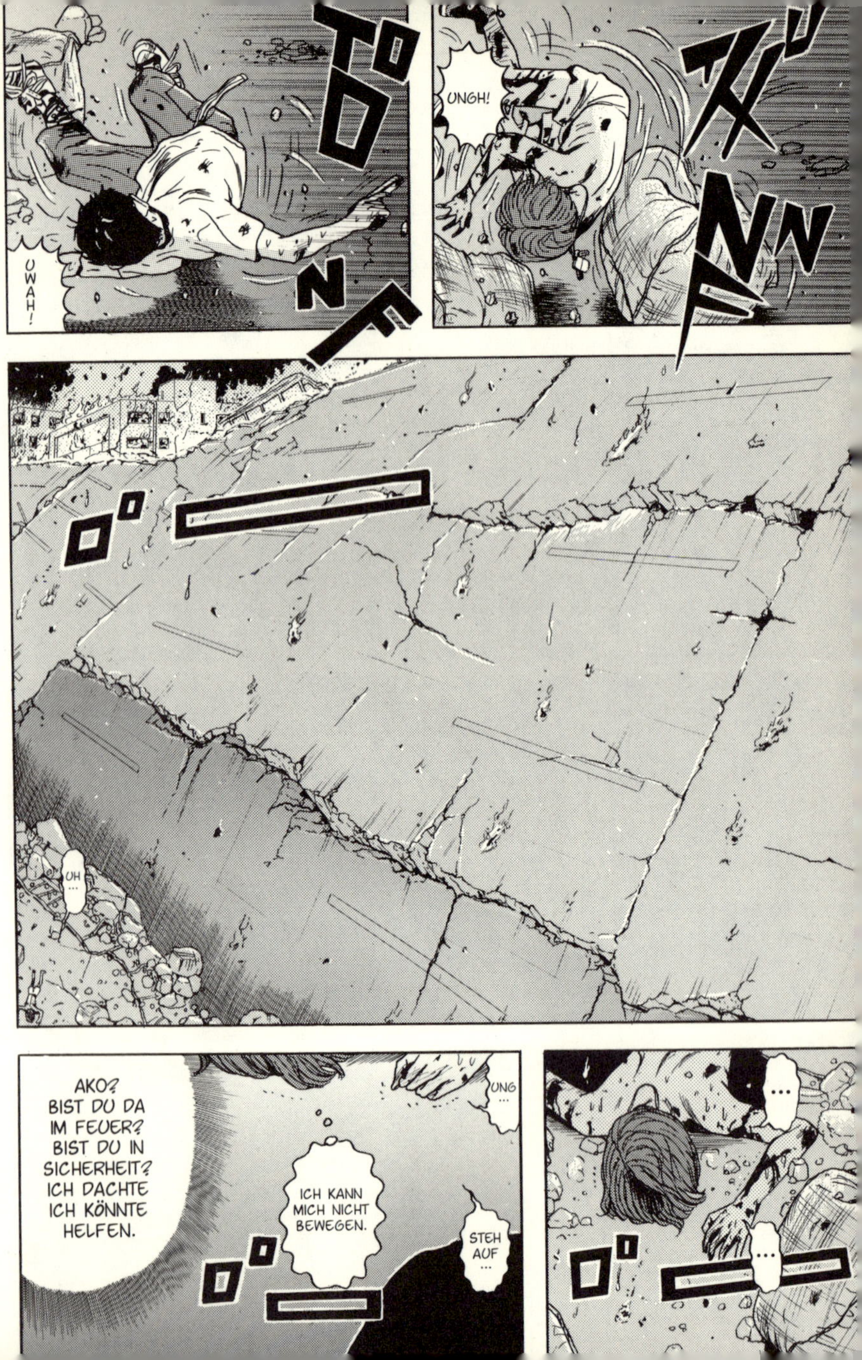

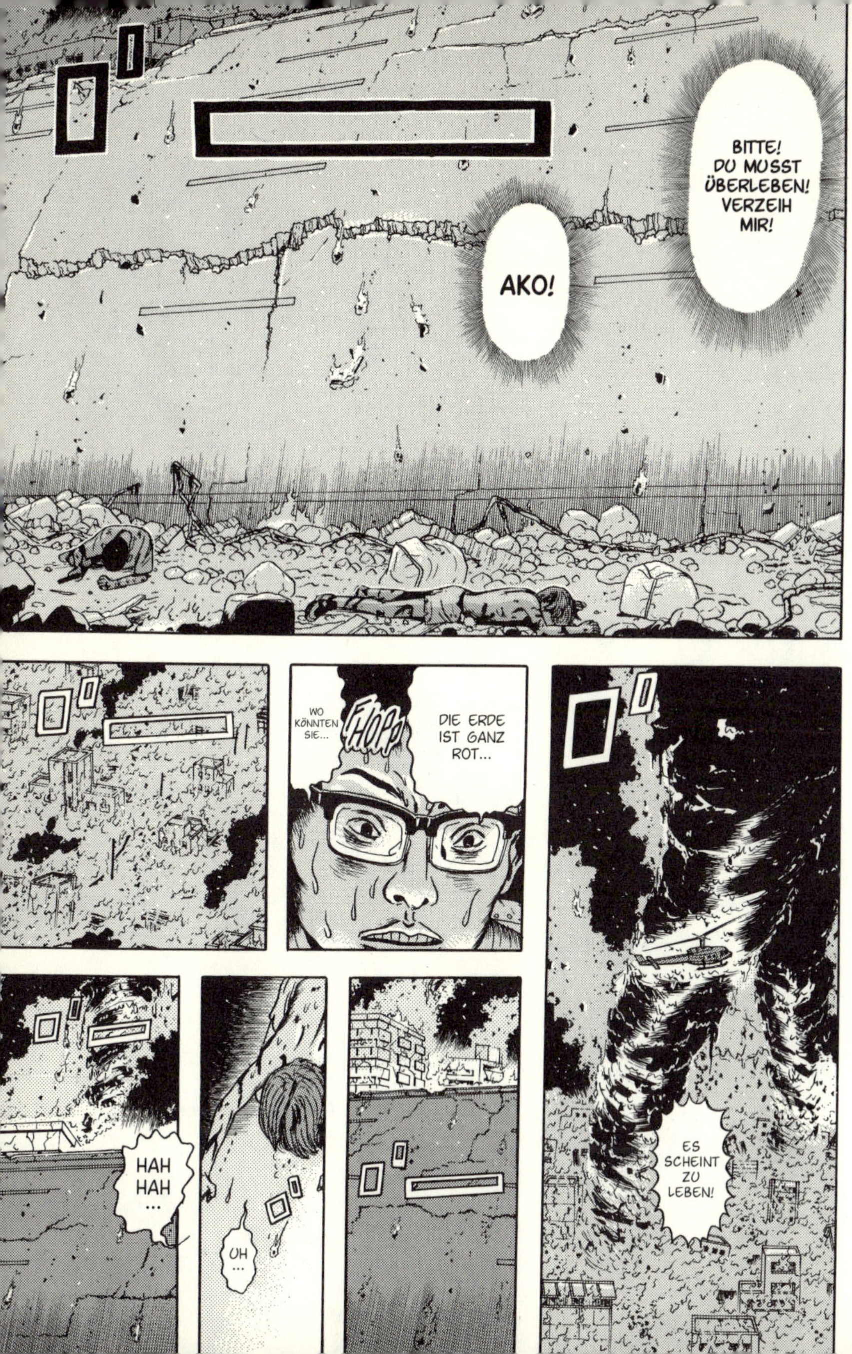

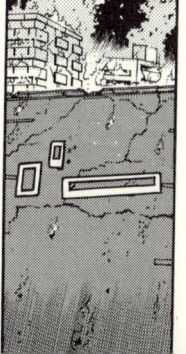

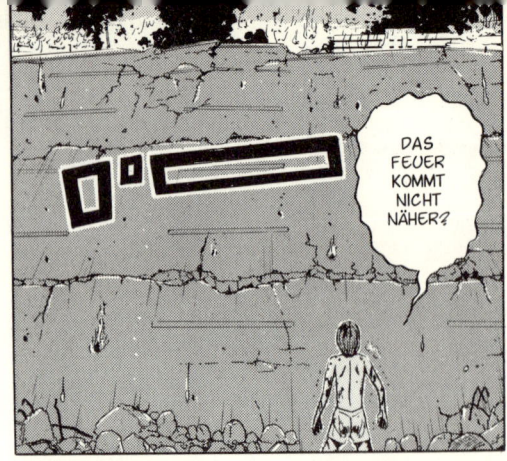

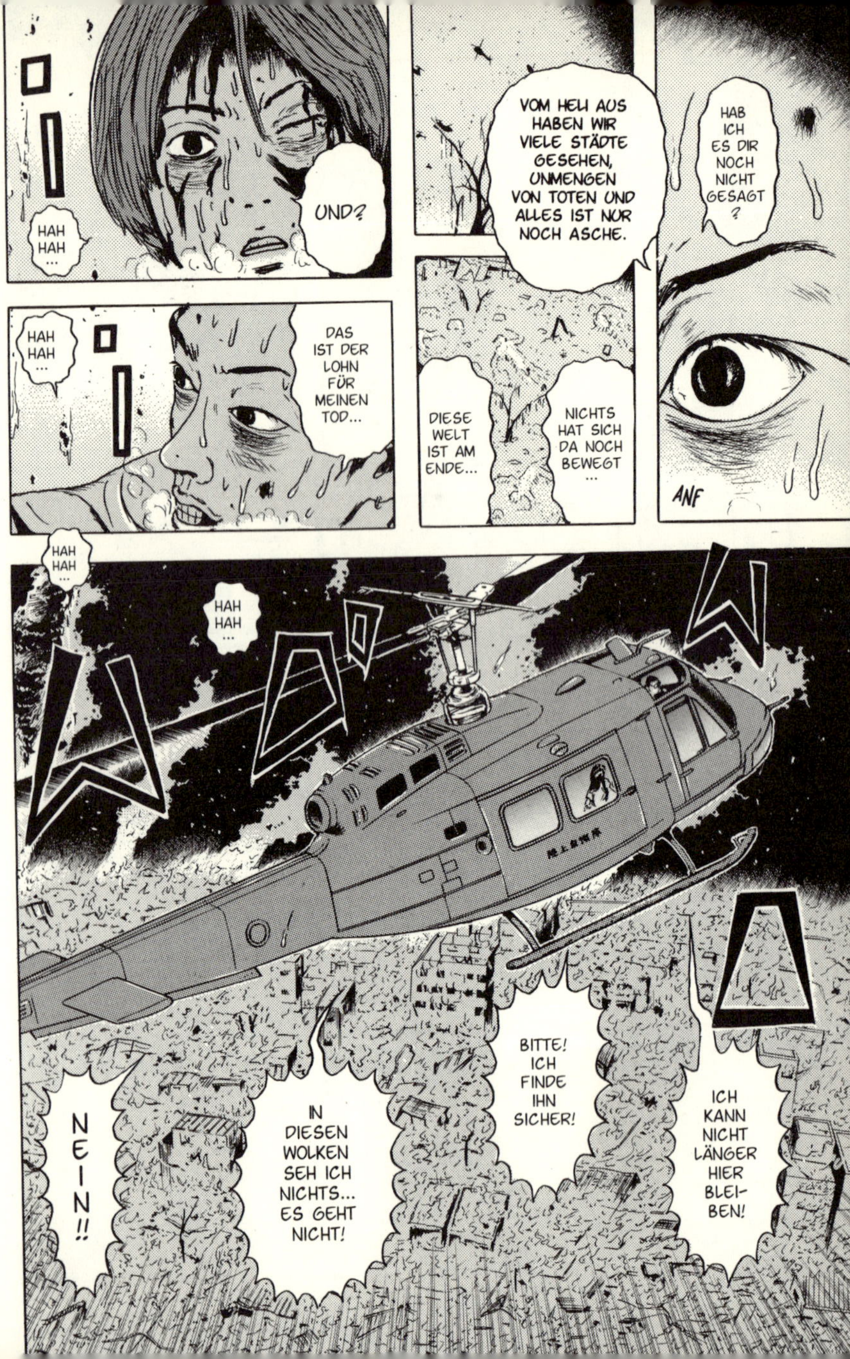

HAH HAH...

UND?

VOM HELI AUS HABEN WIR VIELE STÄDTE GESEHEN, UNMENGEN VON TOTEN UND ALLES IST NUR NOCH ASCHE.

HAB ICH ES DIR NOCH NICHT GESAGT?

HAH HAH...

DAS IST DER LOHN FÜR MEINEN TOD...

DIESE WELT IST AM ENDE...

NICHTS HAT SICH DA NOCH BEWEGT...

ANF

HAH HAH...

HAH HAH...

NEIN!!

IN DIESEN WOLKEN SEH ICH NICHTS... ES GEHT NICHT!

BITTE! ICH FINDE IHN SICHER!

ICH KANN NICHT LÄNGER HIER BLEIBEN!

47. KAPITEL "TAKE OFF"

SCHAU DICH UM...

TROTZ DER SITUATION?

HAH HAH...

HAH HAH...

DU MEINST DAS NICHT ERNST ODER?

UMSCHAUEN?

HAH HAH

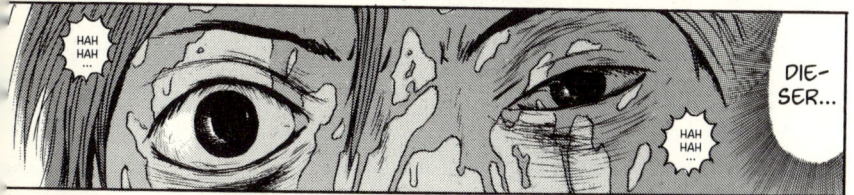

WO BIST DU TERU?!

EGAL WIE LAUT ES IST, DRINNEN HÖREN SIE ES NICHT!

HIER SIND WIR! WIR HÖREN, ABER SEHEN EUCH NICHT!!

HAHA! IWATA! YAMA-ZAK!!

HIER!! HALLO!!

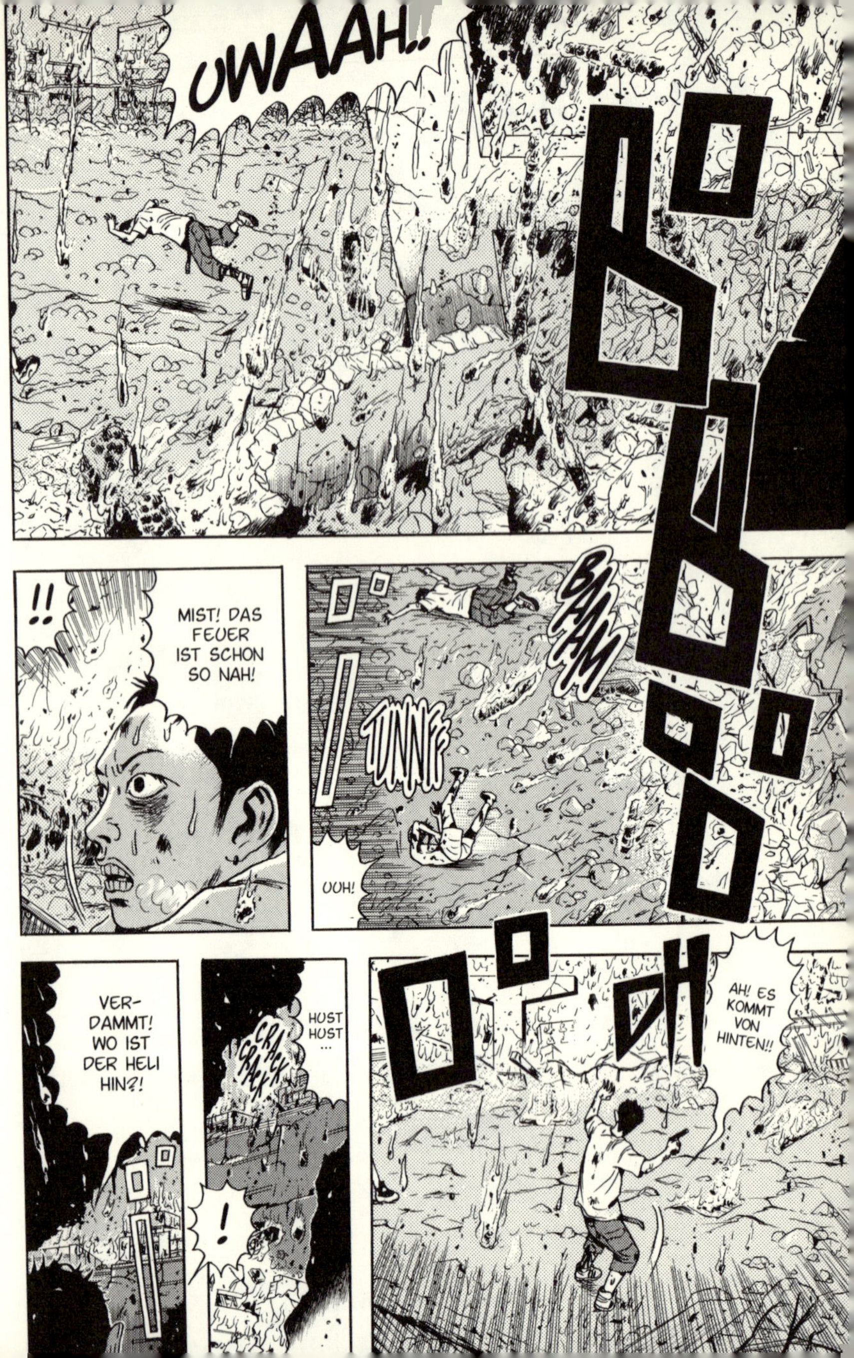

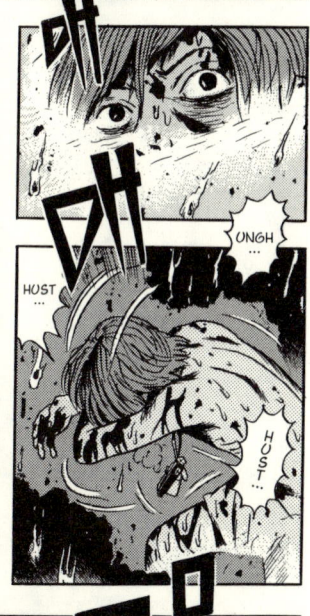

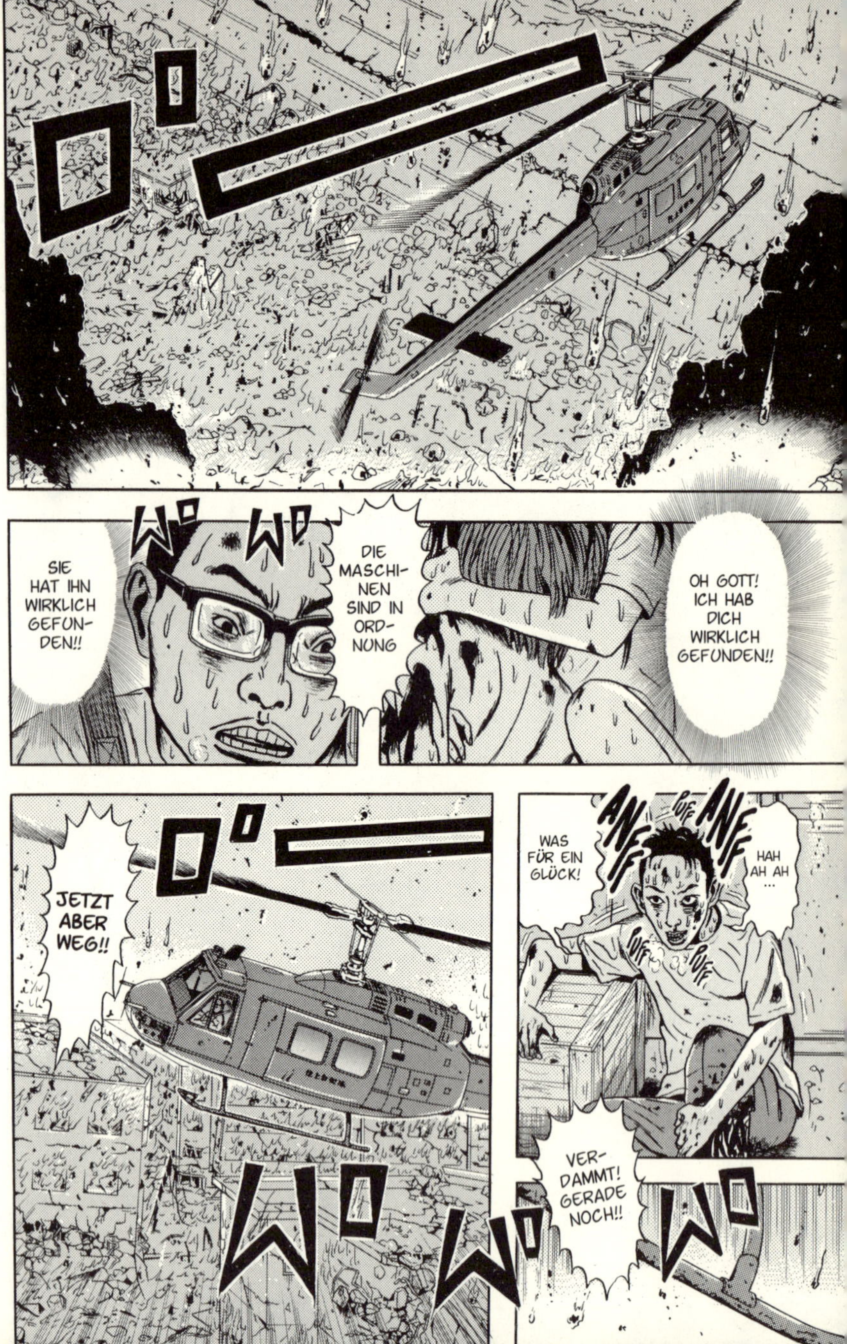

DRAGON HEAD 4. BAND ENDE

SPRIGGAN 2
260 S. - DM 14,95

KAMIKAZE 4
244 S. - DM 19,95

NADESICO 1

Die **Nadesico** ist ein etwas anderes Raumschiff! Mit denselben Waffen ausgestattet wie der Feind mit ihrer größtenteils weiblichen Besatzung und ihrem ebenfalls weiblichen Kapitän **Yurika** Misumaru ist sie auf dem Weg zum Mars, als…

180 S. - DM 14,95

ALLE AB 27. SEPTEMBER

BERSERK 5
244 S. - DM 14,95

DRAGON HEAD 4
228 S. - DM 14,95

ALLE IM PRESTIGE-FORMAT MIT SCHUTZUMSCHLAG!!!
WIE IM ORIGINAL VON RECHTS NACH LINKS GELESEN!!!

™ & © Urheberrechte | www.paninicomics.de

PLANET MANGA newsletter

DIREKT AUS JAPAN

Yoshikazu Yasuhiku arbeitet gerade an einem Manga zur Serie **Gundam**. Dieser Manga wird vom alle drei Monate erscheinenden *Gundam A- Magazin* (Kadokawa-Verlag) veröffentlicht, das sich ausschließlich der Welt von Gundam widmet.

Takehiko Inoue reitet immer noch auf der Welle seines Erfolges. Erst kürzlich gab er der neuen Comic-Zeitung *Comic Bunch* ein Interview, in welchem er über seine vergangenen und gegenwärtigen Erfolge sprach.

Gerade hat **Kaori Yuki** ANGEL SANCTUARY zu Ende gebracht, da macht er sich schon daran, seinen neuen Manga *God Child* bei der Monatszeitschrift *Hana to Yume* (Hakusensha-Verlag) drucken zu lassen.

Kia Asamiya wechselt den Stall. Sein *Steam Detectives*, zuvor im *Ultra Jump*-Magazin (Shueisha-Verlag) veröffentlicht, wird ab sofort im *Gao!* – Magazin (bei Media Works) aufgelegt, wobei eine hundertseitige Episode bereits dort erschienen ist.

Der Manga *Metropolis* von **Osamu Tezuka** , welcher sich an den berühmten Film anlehnt, wurde bei Kadokawa in der fast originalgetreuen Fassung von 1949 wiederveröffentlicht.

GUNDAM ©Yasuhiko/Sunrise

MANGAS IM NETZ

Dieses Mal werden wir Euch einige englischsprachige web sites vorstellen, die sich mit Mangas und Animes beschäftigen.

TOONAMI
http:// www.toon-ami.com
Das Programm widmet sich den Animes von cartoon network. Wenn Ihr also wissen wollt, welche Animes in den USA angeschaut werden, dann werft dort einen Blick hinein.

ANIME TURNPIKE
http://www.anipike.com
Wenn Ihr alle WWB-sites über Mangas und Animes finden wollt, so solltet Ihr Euch diese site nicht entgehen lassen.

COWBOY BEBOP
http://www.geocities.com/ welcometothebebop/main.html
Und noch eine site über Cowboy Bebop, diesmal von einem Fan erstellt.

ANIME GLOSSARY
http: scifi.ign.com/anime/5307.html
Für Neulinge, die mehr über das gebräuchlichste japanische Manga-Vokabular erfahren wollen- von Anime bis zu Tankobon und vieles mehr.

PANINI COMICS
http:// www. paninicomics.de
Zu guter Letzt weise ich noch auf unsere web site hin, auch wenn sie nicht auf englisch ist.

Spot on...
KIRARA
EIN LIEBESDREIECK UND GESPENSTER

Kirara hat ein tragisches Schicksal: Sie stirbt auf dem Weg zu ihrer Trauung bei einem Autounfall. Aber die Liebe ist stärker als der Tod, und so kommt sie zurück zu ihrem Geliebten, **Konpei,** allerdings als Geist. Es gibt dabei nur eine kleine Komplikation. Anstatt an den Tag ihrer Trauung zurückzukehren, findet sie sich in einer früheren Vergangenheit wieder, zusammen mit ihrem damaligen Ich. So beginnt ein seltsames Liebesdreieck, bei dem zwei der beteiligten dieselbe Person sind, eine lebendig, die andere Ektoplasma.

Und als ob das noch nicht reichte, taucht noch ein weiteres Mädchen auf. **Amy,** eine Freundin der lebenden Kirara, die sich in Konpei verliebt hat. Schüchtern wie sie ist, bittet sie ihre Freundin um Hilfe für ein Date. Konpeis Leben verwandelt sich in einen Alptraum mit zwei hübschen Mädchen, zwischen denen zu wählen nicht gerade leicht ist.

Die beiden Kiraras haben ganz unterschiedliche Charaktere. Das Gespenst ist frivol, sexy (sie hat nie viel an) und laut. Die Geschichte spinnt sich fort anhand von peinlichen Situationen, Mißverständnissen und Eifersuchtsattacken der Mädchen. Und kaum hat das Abenteuer begonnen, werden sich noch weitere Protagonisten dazugesellen und aus der Ghost Story wird ein lustiges, lebendiges Spiel mit einem Schuß Erotik.

Kirara stammt aus der Feder von **Toshiki Yui,** der, normalerweise für seine schärferen Mangas bekannt, bereits für viele Verlage gearbeitet hat, und mit Kirara, die auch zu einer Anime-Serie wurde, einen großen Publikumserfolg verzeichnen konnte. Kirara ist in Japan bei **Shueisha** erschienen und PLANET MANGA wird es in Deutschland, identisch mit dem Original, in sechs Bänden herausbringen.

© 1992 Toshiki Yui /SHUEISHA, Inc.

PLANET MANGA newsletter

Die Rezension des Monats
CUTE TALE PERROT

Unter all den Riesenrobotern, Samurai, Cyber- Punk-Geschichten, zu Tränen rührenden *shojo*- (Mädchen-) Mangas und Phantasy-Horror- Stories findet man im reichhaltigen Angebot aus dem Land der aufgehenden Sonne zuweilen auch Mangas, die aus dem üblichen Rahmen herausfallen und sich eher an der französischen *ligne claire* und der europäischen Erzähltradition orientieren. Ich spreche vom herrlichen *Cute Tale Perrot*, von **Yuji Kamosawa**. Herausgebracht in einem handlichen Hard cover-Einband vom Seirindo- Verlag, werden die alltäglichen Abenteuer dieses sympathischen Hündchens mit folgenden Worten auf englisch eingeleitet: "This is the story about Rupit, her pet dog Perrot and her friends, as they have fun throughout the seasons." Die in platten, einfachen Farben gehaltenen, zwei bis vier Seiten langen Geschichten führen den Leser in die kleine Welt dieses lustigen Hündchens ein, während so manches Photo auch den wahren Perrot zeigt. Für zarte Gaumen.

©Yuji Kamosawa/Seirindo

FRAGEN & ANTWORTEN

▶ Werdet Ihr *Initial D* veröffentlichen?
Dieser im Automobilsport angesiedelte Manga gehört zur Zeit noch nicht zu unseren Projekten.

▶ Warum veröffentlicht Ihr nicht alle Serien im Format von DARK ANGEL?
Wir halten uns immer an das Originalformat. DARK ANGEL wurde in Japan so herausgebracht, hingegen hat der größte Teil der Mangas die Maße 11,5 x 17,5 cm oder 13x18 cm.

▶ Wann erscheint endlich die angekündigte Neuausgabe von SLAM DUNK ?
Bald…

▶ Was wird der Inhalt des zweiten und dritten Bandes der PLANET MANGA NEXT-Reihe sein? Und warum macht Ihr daraus ein Geheimnis ?
Wir haben kein Geheimnis daraus gemacht, aber solange die Verträge nicht unterzeichnet sind, halten wir uns mit der Ankündigung neuer Titel zurück.

▶ LADY OSCAR wird in Italien als Manga veröffentlicht. Können wir auch in Deutschland damit rechnen ?
Zur Zeit nicht. In Zukunft jedoch werden wir vielleicht auch Klassiker in unser Programm aufnehmen.

▶ Ich würde gerne als Autodidakt japanisch lernen. Könnt Ihr mir einen Rat geben?
Ich kann Dir nur sagen, daß es ein ziemlich schwieriges Unterfangen ist, als Autodidakt japanisch zu lernen. Wenn Du jedoch davon überzeugt bist, daß es für Dich die beste Art sei, dann gehe in die Bibliothek und leihe Dir ein ordentliches Lehrbuch und ein Lexikon aus.

EINLEITUNG

Wie wir Euch versprochen haben, präsentieren wir in der PLANET MANGA-Reihe ständig neue Titel neuer Autoren. Leider haben wir bei der Fülle der erscheinenden Neuheiten in unseren Rubriken „*Die Perle*"," *Spot on*",etc. kaum noch Platz für ausführliche Besprechungen. Daher begnüge ich mich heute damit an dieser Stelle nur kurz einen neuen Titel vorzustellen, auf den ich in einem späteren *Newsletter* noch zurückkommen werde. Ich spreche von AGARTHA von **Takahal Matsumoto :** Die dritte große Naturkatastrophe auf dem „Planeten des Wassers" hüllt diesen in eine Wolke von Sand und Finsternis und bringt ihn an den Rand des Todes. In dieser Welt der Dürre lebt **Juju Meyer,** ein junger Schläger, inmitten der Westlichen See, einem reichen Ort, von dem die meisten Bewohner des Planeten nur träumen können. Der Manga dieses neuen, jungen Autors behandelt zwar auch das Sciencefiction- Thema, tut dies jedoch mit einer ungewöhnlichen Sensibilität und aus einem ungewöhnlichen Blickwinkel.
David Castellazzi

Die Perle...
NADESICO

NADESICO, von **Kia Asamiya,** ist ein Manga voll von Zitaten, Tricks und Anleihen. Eine Art Milkshake berühmter Animes aus Urusei Yatsura, Yamato und Gundam: Oder, was würde passieren, wenn Lum und ihre Leute auf die Yamato kämen und ein paar *mobile suits* mitbringen würden, um es mit den Worten des Autors zu sagen. Wir befinden uns im Jahr 2195, und es herrscht Krieg: Die Flotte von Admiral **Fukube** wird auf dem Mars von einem seltsamen, unbekannten Feind angegriffen. Währenddessen ist auf der Erde der Konzern Nergal Heavy Industries damit beschäftigt, ein Raumschiff zu konstruieren, das dieselbe Technologie wie der Feind nutzen kann, die Nadesico. Die größtenteils weibliche Crew ist unkonventionell und wird von einem weiblichen Kapitän geleitet, **Yurika Misumaru,** gerade frisch von der Marine-Akademie, und daher noch völlig unerfahren im Kampf. Euch bleibt also nichts anderes übrig, als Euch in die Welt dieser vierbändigen Geschichte zu stürzen, übrigens mit dem unverwechselbaren Zeichen PLANET MANGA.

© 2000 Studio Tron

Story und Zeichnungen
MINETARO MOCHIZUKI

Übersetzung
CHRISTINE ROEDEL

Bearbeitung und Lettering
MONICA R.

DRAGON HEAD erscheint monatlich bei Planet Manga, Ravensstraße 48, D-41334 Nettetal-Kaldenkirchen (DRAGON HEAD wird unter Lizenz in Deutschland von PANINI Verlags GmbH veröffentlicht.) Druck: Novastampa S.r.l. Direktvertrieb für Deutschland: Modern Graphics Distribution GmbH, D-76437 Rastatt. Geschäftsführer **Frank Zomerdijk**, Publishing Director Europe **Marco M. Lupoi**, Chefredakteur **Tony Verdini**, Übersetzer **Christine Roedel**, Redaktion **David Castellazzi, Lisa Pancaldi, Christine Roedel**, Marketing/Vertrieb **Gabriele El Hag**, Lektoren **Michael Jurkat, Michael Leimer**, Finanzen **Antje Scheuvens**, Auflagenkoordination: **Sabine Willems**, Grafik & Layout **Mario Corticelli**, Logistik **Martina List**, Redaktion Panini Comics **Cinzia Broccatelli, Beatrice Doti, Elisa Panzani, Marcello Riboni**, Produktion Panini Comics **Andrea Bisi, Marzia Fregni, Alessandra Gozzi, Ivano Martin, Alessandro Micheli, Alessandro Nalli**, Gestaltung **Giovanni Battistini, Stefania Bevini, Paolo Catellani, Mario Corticelli, Michele Petrucci, Sabrina Piu, Rudy Remitti, Roberto M. Rubbi, Nicola Spano**.
Copyright: © 2001 Minetaro Mochizuki. All rights reserved. First published in Japan in 1996 by Kodansha Ltd., Tokyo. German publication rights arranged through Kodansha Ltd.
Zur deutschen Ausgabe: © 2001 Planet Manga.
Vielen Dank an **Yuka Ando** und **Kumi Shimizu** von Kodansha Ltd., Tokyo.